マドンナメイト文庫

南の島の美姉妹 秘蜜の処女パラダイス

諸積 直人

JN076521

目次

contents

南の島の美姉妹

秘蜜の処女パラダイス

プロローグ

「あ、あぁン……ンっ、はぁあっ」

草木も眠る丑《うし》三つ時、倉本美玖《くらもとみく》はどこからか洩《も》れ聞こえる声音《こわね》に目を覚ました。

(やだ……野良猫が、赤ちゃんを産んだのかな?)

ベッドから下り立ち、部屋の扉を開けて暗い廊下をゆっくり突き進む。縁側に達したところで耳を澄ませば、奇妙な音は紛《まぎ》れもなく家の中から聞こえていた。

(ママの……部屋からだわ)

眉をひそめ、左手の廊下の奥に怪訝《けげん》な眼差《まなざ》しを送る。

美玖は六年前に父を交通事故で亡くし、その二年後に母・杏子《きょうこ》の希望で南の島に引っ越してきた。

平屋の古民家をリフォームし、家の前にプライベートビーチがある環境は申し分ない。初めての土地ではあったが、妹の英里香《えりか》との三人暮らしに寂しさは少しも感じなかった。

（もしかすると、恋人が……できたのかな？）

この日の母は外出しておらず、男を招き入れたのだとしたら、相手は島の男なのかもしれない。

（そうとは限らないか……島にはホテルも旅館もあるし、外から来た人なのかも）

どちらにしても、母に恋人がいたとは驚きだった。

明日は四年ぶりに上京する予定で、しばしの別れを惜しんでいるのだろうか。

「あ、ふンぅ、やぁぁっ」

艶《つや》っぽい声が耳にまとわりつき、足が竦《すく》んで動かない。そのうち、どうしても確かめたい衝動に駆《か》られ、美玖は震える足を前に進めた。

この先には自分の知らない世界が待ち受けており、十三歳の自分が知るにはまだ早すぎる。それがわかっていても、一度火のついた好奇心は止められず、胸が妖《あや》しくざわついた。

薄暗い廊下を忍《しの》び足で歩き、杏子の寝室が徐々に近づいてくる。襖《ふすま》が微《かす》かに開いているのか、照明の光が廊下にうっすら伸びていた。

「ンっ、ンっ、あぁ、いい、いいわぁ」

「おい、そんなに激しくしたら、我慢できないよ」

男の声はどこかで聞いた覚えがあるのだが、どうしても思いだせない。

（誰だろ……学校の先生？　顔馴染みの漁師さん？）

美玖は喉を小さく震わせ、一センチほど開いた襖の隙間に目を近づけた。

（……あっ⁉）

行灯風《あんどんふう》の照明が和室をぼんやり照らすなか、淫らな光景が目に飛びこむ。

畳に敷かれた布団の上で、母は男の身体を逆向きに跨《また》がる体勢から男根を握りしめていた。

艶やかな唇のあいだから唾液を滴《したた》らせ、赤黒い肉棒がおどろおどろしい照り輝きを放《はな》つ。はち切れんばかりの乳房がぶるんと揺れ、しなるペニスが胸の谷間に導《みちび》かれると、美玖は驚きの表情で身を乗りだした。

（な、何？　何やってるの？）

杏子は乳房の脇に手を添え、剛槍が豊満な肉の丘陵《きゆうりよう》に覆《おお》い尽くされていく。

彼女はさらに上体を軽やかにバウンドさせ、スライドのたびに胸の谷間からスモモのような先端が顔を覗かせた。

「お、おおっ」

「ふふっ、気持ちいい？」

「あ、ああ、お前のパイズリは最高だよ」

あの奇怪な行為はパイズリと呼び、両の乳房の内側で肉茎をしごいているらしい。唾液は潤滑油《じゅんかつゆ》の役目を果たしているのか、スムーズな抽送が繰り返され、男の両足がガクガクと震える。

「う、むぅぅっ」

すべりが悪くなると、窄《すぼ》めた口から唾液を落とし、にっちゃにっちゃと卑猥な音が室内に反響した。

「ふふっ、もっと気持ちよくさせてあげる」

杏子は巨乳を互い違いに動かし、ペニスを揉みくちゃにする。剛直が根元を支点に左右に揺れ、張りつめた亀頭が大量の透明液で溢れかえった。

「あ、あぁぁっ……イッちまいそうだ」

「だめよ……我慢して」

いよいよ限界に達したのか、男が切羽《せっぱ》詰まった声をあげ、唾液をたっぷりまとった牡の肉が乳房から離れる。

母の肉感的な肢体の陰になり、男の顔は確認できないが、今は彼の正体よりビンビンに反《そ》り返る逸物から目が離せなかった。

(ひょっとして……エッチしちゃうの？)

固唾《かたず》を呑んで見つめるなか、熟母は先端に唇を被せ、舌先をくるくる回転させる。

(あ、いやぁっ……おチ×チン、舐めてるぅ)

横に突きでた肉傘がなぞられ、頭頂部の切れこみにソフトなキスが繰り返された。

湧出《ゆうしゅつ》した粘液が唇とのあいだで糸を引き、ペニスがことさらしなった。

杏子は唇と舌を雁から根元に何度も往復させたあと、大口を開けてがっぽり咥えこんでいく。

「ンっ、ンっ、ンっ！」

鼻から湿った吐息をこぼす彼女に、ふだんの清廉《せいれん》な表情は少しも見られない。

髪を振り乱し、男根をしゃぶり尽くす姿は飢えた牝犬としか思えなかった。

舌が生き物のように動き、赤褐色の宝冠部を縦横無尽《じゅうおうむじん》に掃き嬲《なぶ》る。

「お、おい、ホントにイッちまうよ」

「ン、もう……まだ楽しんでないのに」

「でも、子供たちが……いるんだろ？　のんびりしてる時間はないし、気づかれない

「うちに帰らないと」

「あぁン、わかってるわ……あなたが悪いんでしょ？　いきなり来て、私の身体に火をつけたんだから」

「しょうがないだろ、俺だって我慢できなかったんだから……むむっ」

低い呻《うめ》き声が耳朶《じだ》を打った直後、杏子は怒張を咥えこみ、喉の奥までズズッと招き入れる。

つらくはないのか、苦しくないのか。

ハラハラする最中、美しい母は顔をゆったり引きあげ、軽やかなスライドで首を打ち振った。

艶々《つやつや》した唇が捲《めく》れ、じゅぷじゅぷと卑猥な水音が響き渡る。

今度は杏子の下腹部から、子猫がミルクを舐めるような音が聞こえ、美玖は思わず顔をしかめた。

「う、ふぅンっ」

彼女は美貌《びぼう》をくしゃりとたわめ、目をとろんとさせる。

（やだ……あそこを舐めてるんだ）

大股を開いて互いの性器を口で愛撫しようとは、シックスナインの知識がない少女にとってはまさに衝撃的だった。

「あっ、やっ、ンっ、だめ」

鼻にかかった声が鼓膜を揺らすたびに、胸が甘く締めつけられる。同時に身体の芯が熱くなり、手のひらがじっとり汗ばんだ。

(やぁン……濡れてきちゃった)

下腹部がムズムズしだし、恥ずかしい箇所から熱い潤《うる》みが溢れだす。

両手を股のあいだに差し入れ、はしたない現象を抑えようにも、秘所に走る掻痒感《そうようかん》は消え失《う》せない。

乾いた唇を舌先でなぞった瞬間、杏子はペニスをがっぽがっぽとしゃぶり倒した。

(あ、あ、ママ……やらし)

頬を窄め、鼻の下をだらしなく伸ばした容貌《ようぼう》がなんとも悩ましい。

口唇の狭間《はざま》から小泡混じりの唾液がだらだら滴り落ち、極太の男根を玉虫色に照り輝かせた。

まがまがしい光景にもかかわらず、なぜこんなに胸が騒ぐのだろう。

二人の姿を瞬《まばた》きもせずに見つめるなか、甲高《かんだか》い嬌声《きょうせい》が空気を切り裂き、少女は肩をビクッと震わせた。

「ああっ！　だめっ、我慢できないわ!!」

杏子は剛直を吐きだすや、舌舐めずりしながら腰を前に進めた。

「もう、挿《い》れちゃうからっ！」

身を起こし、大股を開いてペニスに細い指を絡める。発達した肉びらは外側に大きく捲れ、中心部から覗く紅色の粘膜がとろとろの淫液でぬめりかえる。

（あ、あっ……嘘っ）

がっちりした肉の先端が女の切れこみにあてがわれると、二枚の唇がくぱぁと開き、栗の実にも似た宝冠部を咥えこんだ。

杏子は眉間《みけん》に縦皺を刻みつつ、腰をゆっくり沈めていく。

（あ、あ……入っちゃう、入っちゃう）

母は独身であり、恋人がいても不思議ではないのだが、あまりにも生々しい痴態にショックは隠せない。それでも性的な好奇心が風船のように膨らみ、肉体の火照《ほて》りも鎮《しず》まらなかった。

「あ、ンっ……う、ふうぅぅンっ」

真横に張りだした雁が膣の入り口をくぐり抜け、勢い余ってズブズブと埋めこまれる。男根の根元と恥骨がぴったり合わさるや、杏子は天を仰《あお》ぎ、溜《た》め息混じりの吐息を放った。

「はあぁぁっ……気持ちいい」

あんな大きなモノが膣の中に入るなんて、とても信じられない。

美熟女の顔は愉悦に歪《ゆが》み、心の底から女の悦《よろこ》びを享受《きょうじゅ》しているように見えた。

「くうっ、マン肉がチ×ポに絡みついてくるぞ。た、たまらん！」

「……ひっ」

男が括《くび》れたウエストに手を添え、腰をガツンと突きあげる。杏子は小さな悲鳴をあげ、後ろ手をついて足をM字に広げた。

(やぁ……入ってるとこが丸見え)

筋張った肉根は、紛れもなく膣の中をぐっぽり貫《つらぬ》いている。男は上下のピストンを繰りだし、豊満な乳房がゆっさゆっさと上下に揺れた。

「ああ、いい、いいわぁ、すぐにイッちゃいそう」

「くふぅ……俺も我慢できんぞ」

「ああ、イッて、いっしょにイッてぇ」

杏子も抽送のタイミングに合わせてヒップを打ち下ろし、バチンバチンと肉の打音か高らかに鳴り響く。

腰がくねりだし、知らずしらずのうちに膝を擦り合わせる。内腿が肉芽を押しひしゃげるたびに、青白い性電流が身を駆け抜ける。

獣《けもの》としか思えぬ交情に呆然《ぼうぜん》とする一方、美玖の性感もうなぎのぼりに上昇した。

(はあはあ……やぁ……おかしくなっちゃう)

パジャマズボンの上からコリッとした尖《とが》りを撫でれば、下腹部全体がさらに心地いい浮遊感に包まれた。

「ンはっ、やっ、イクっ、イッちゃう!」

「く、おおぉぉっ」

杏子はここぞとばかりに腰をしゃくり、男のピストンも苛烈《かれつ》さを増す。

結合部からぐっちゃぐっちゃと派手な肉擦れ音が響き、牡と牝の発情臭が自分の佇《たたず》む位置まで漂《ただよ》ってくるようだ。

(あ……す、すごい)

虚《うつ》ろな表情で見つめるなか、男女の淫蕩な饗宴《きょうえん》はついに終焉《しゅうえん》を迎えた。

「あ、あ、イクっ、イッちゃう!」

「お、俺もイクぞっ!」

杏子は細眉をたわめたあと、恥骨を前後に振り、肉づきのいい内腿を小刻みに痙攣《けいれん》させる。そして膣からペニスを抜き取り、硬直を崩《くず》さぬ男根を日にもとまらぬ速さでしごいた。

「イクっ、イキそうだ！」

「出して、たくさん出して」

「イクっ、イックっ、くおぉぉっ」

先端の亀裂から白濁の液が舞いあがり、放物線を描いてシーツに着弾する。

杏子はなおも指のスライドを繰り返し、宝冠部に唇を被せてじゅるじゅると啜《すす》りあげた。

（う、嘘っ）

ペニスを舐めしゃぶったばかりか、精液まで吸いたてるとは……。

男女の性に、タブーはないのか。

あまりの衝撃に身を震わせるも、股間を掻《か》きくじる指の動きは止まらない。

杏子は満足げな表情で真横に倒れこみ、少女の快感も頂点に向かって駆けのぼる。

（あ、だめ、だめ……あたしもイッちゃう）

男の顔をぼんやり見つめながら、美玖もまた絶頂への扉を開け放った。

第一章　日焼け少女の甘美な秘芯

1

三月十八日　土曜日。

テーマパークの提携ホテルで、柿本慎一《かきもとしんいち》は倉本家の面々と四年ぶりに再会した。見晴らしのいいレストランで相対し、杏子に羨望《せんぼう》の眼差しを向ける。

流麗《りゅうれい》な弧《こ》を描く眉、切れ長の目、すっきりした鼻梁《びりょう》に深紅《しんく》の唇。ワンピーススーツの胸元がドンと突きだし、グラマラスなボディラインに男心がそそられた。

亡くなった叔父の妻は依然として美しさを誇り、胸が甘くときめく。

まさに初恋の人であり、子供の頃から憧れつづけていた存在なのだ。

「ごめんなさいね、今日は無理につき合わせちゃって。疲れたんじゃない？」

「いえ、そんなことありません。家から近いですし……ぼくより、みんなのほうが疲れてるんじゃないですか？　こっちに着いたあと、すぐにテーマパークじゃ」

「疲れてないよ。東京まで、飛行機で三時間だもん」

英里香が横から口を出し、美玖がクスリと笑う。

イトコの姉妹はそれぞれ十三歳、十一歳の美少女に成長したが、大人の魅力には敵《かな》わない。

精通を迎えてから、杏子の写真をおかずに何度オナニーを繰り返したことか。

(今年……三十六だったよな。東京にいた頃より、きれいになったんじゃないか？)

彼女は学生時代、毎年沖縄を訪れていたらしい。

南の島で暮らしたいという願望は聞いていたが、実際にその日が来ると、どれほどの寂しさを感じたことだろう。

杏子はランジェリーのネット販売に乗りだし、かなりの利益をあげていたようで、叔父の三回忌を済ませたあとに籍を抜き、若いときの夢を実現させたのだ。

今は沖縄本島に会社を興《おこ》し、住まいのある離島から週に二回のペースで通っていると聞いた。

女社長なのだから、やはり外見には気をつかっているのだろう。

「明日、墓参りを済ませたあと、おうちのほうにお邪魔するわ」

「あ、母も待ち侘《わ》びてます」

「伯父さんは？」

英里香の問いかけに、慎一は申し訳なさそうに答えた。

「それがね……出張先で急な仕事が入って、帰ってこれないらしいんだ」

「あ、そうなんだ……ママ、デザート頼んでいい？」

「え、昼間、アイスクリームばかり食べてたでしょ？　お腹壊しちゃうから、やめときなさい」

母親にたしなめられ、快活《かいかつ》な少女は口をツンと尖らせる。

「はは、英里香ちゃん、相変わらずだね。こっちにいたときは……まだ幼稚園児だったっけ？」

「もう卒園してたよ。今はレディに成長したけどね」

おしゃまでセミショートの髪形は昔のままで、ついほっこりしてしまう。

となりの席に座る美玖は多くを語らず、こちらもまた控えめな性格が変わったとは思えない。

唯一の変化は、春先にもかかわらず、二人ともこんがり焼けていることか。向こうは陽射《ひざ》しが強いため、肌の色はなかなか落ちないのかもしれない。

(きれいに焼けてて、健康的だよな)

ツルツルの頬と細い首筋を見つめた瞬間、杏子から声をかけられ、慎一はすぐさま視線を戻した。

「慎ちゃん、十七になったんだっけ？」

「え、ええ、来月から三年に進級します」

「よかったら、春休み、こっちに遊びにこない？」

「……え？」

突然の申し出に、口をぽかんと開けて見つめる。

「旅費はこちらで持つから、一度遊びにきなさいよ。四月に入れば、気候も安定するし、海水浴もできるわよ」

「もう、泳げるんですか？」

「こっちは、三月中旬から海開きだもの」

彼らの住む離島の写真は、美玖とのメールのやり取りで何度か目にしていた。

青い瓦葺《かわらぶ》き屋根の洒落《しゃれ》た古民家、コバルトブルーの海に真っ白な砂浜。夕暮れどきの美しい景色には、感嘆《かんたん》の溜め息を洩らすと同時に羨《うらや》んだものだ。

事前に話を聞いていたのか、美人姉妹がにこやかな顔を向ける。

「行くっ！　行きます!!」

断る理由など、あろうはずがない。

ふたつ返事でオーケーすると、美玖と英里香は自分のことのように喜んだ。

「慎ちゃん、観光名所がたくさんあるから、案内してあげるね」

「これで春休み、退屈しないですむぅ！」

歓迎の言葉に口元がほころぶ一方、よこしまな期待がいやが上にも込みあげる。

（もしかすると、杏子さん相手に童貞を捨てられるかも！）

南の島のリゾート地で、麗《うるわ》しの熟女と寝食を共にするのだ。彼女に迫られたら、一瞬にして骨抜きにされてしまうだろう。

都合のいい妄想が頭の中を駆け巡《めぐ》り、海綿体に早くも大量の血液が流れこんだ。

2

「英里香ちゃん、大丈夫かな？」

食事を済ませたあと、英里香が腹痛を起こし、杏子は慌てて病院に連れていった。

慎一は帰るに帰れず、ホテルの部屋で美玖とともに留守番を余儀《よぎ》なくされたのだ。

「がっついてるから、いけないのよ。お腹が冷えるものばかり食べて。せっかくの旅行が台無しだわ」

「まあ……しょうがないよ。こっちはまだ気温が低いから、勝手が違ったのかも」

「それにしたって、小さな子供じゃあるまいし……あ、ママからだわ」

スマートフォンが軽快な着信音を響かせ、少女が心配げな顔で画面をタップする。

慎一は椅子に腰かけ、美玖の容姿《ようし》をじっくり仰ぎ見た。

(改めて見ると……ずいぶん大人っぽくなったよな)

艶のあるセミロングの黒髪、ぱっちりした目、小さな鼻に桜色の唇と、絶世《ぜっせい》の美少女ぶりに目を見張る。

可憐《かれん》な容貌以上に目を惹いたのが、セーター越しの胸の膨らみだった。

杏子のバストとは比較にならないが、形よく盛りあがり、見るからにふっくらしていて柔らかそうだ。

(引っ越しするときは、ぺちゃんこだったのに……当たり前か、まだ小学三年生だったんだから)

遺伝か、それとも発育がいいのか。目の前の少女が一人の女に見え、全身の血が沸々《ふつふつ》と煮え滾《たぎ》る。

すでに初潮は迎えているはずで、肉体は男を受けいれる準備を整えているのだ。

（早熟なら、小学生で体験する子もいるんだろうけど……って、おいおい、俺は何を考えてんだ）

杏子と違い、美玖は血の繋《つな》がったイトコなのである。

ましてや、中学一年の女の子に獣じみた感情をぶつけるわけにはいかない。それでも熱く息づく胸の膨らみから目が離せず、慎一は生唾を呑みこんだ。

（いかん、いかん……妙なことを考えたら、天国の叔父さんが化けて出るぞ）

視線を逸《そ》らし、椅子から腰を上げて窓際に歩み寄る。

広いリビングに重厚《じゅうこう》なテーブルセット、足首まで埋まりそうな絨毯《じゅうたん》。専用のバーカウンターまで備《そな》え、部屋がふたつもあるハイグレードな造りには驚嘆《きょうたん》するばかりだ。

（一泊……いくらするんだよ）

ランジェリー販売の経営は、よほど順調なのか。

ゴミゴミした都会の生活に、建て売り住宅のこじんまりした自宅を思い浮かべて消《しょう》沈《ちん》してしまう。

身近な人間が遠くに行ってしまったような寂寥《せきりょう》感に、あこぎな欲望は徐々に失せていった。

「慎ちゃん」

「……え？」

肩越しに振り返れば、美玖がゆっくり近づいてくる。

「ママが、話があるって」

「あ、そう」

スマホを受け取ると、スピーカーから鈴を転がすような声が聞こえた。

『慎ちゃん？』

「あ、はい、英里香ちゃん、大丈夫ですか？」

『ええ、薬を飲んで、だいぶ落ち着いたみたい』

「それは、よかったです」

『一時間ぐらい、様子を見てから帰るわ。でね、美玖にも話したんだけど、慎ちゃん、泊まってかない？』

「……は？」

『もう遅いし、部屋も余ってるし、どうかそうしてほしいの。美玖一人だけ残しておくのは心配で……無理かしら?』

豪勢なホテル滞在を、泊まりがけで堪能《たんのう》できる。沖縄旅行に続く想定外の申し出に、目が自然と輝いた。

「は、はい」

『おうちのほう、平気?』

「大丈夫です! 母には、こちらからすぐに連絡しますから!」

『そう、じゃ、よろしくお願いね』

「はい! ありがとうございます!」

電話を切り、ほくほく顔でスマホを返す。会話を聞いていたのか、美玖は満面の笑みを見せたあと、恥ずかしげに目元を染めた。

(あ……かわいい)

胸がキュンと締めつけられ、牡の淫情が息を吹き返す。

「泊まってくんだ?」

「う、うん……ちょっと待っててね。母さんに連絡するから」

ズボンの尻ポケットからスマホを取りだし、母の了承を取りつけるなか、美玖はそわそわと室内をうろついた。

「うん、うん、わかった、杏子さんたち、明日は墓参りを済ませてから家のほうに寄るって……うん、じゃ」

通話ボタンをオフにすれば、少女はいったん振り返るも、すぐさま視線を逸らす。

何やら意識しているらしく、室内に妙な空気が張りつめた。

思えば、住んでいた家が近く、彼女には幼い頃から慕《した》われていた気がする。

四年経《た》っても、気持ちは変わらないといったところか。

(あくまで……お兄さんとしてだよな)

慎一自身も意識しだし、どうにも間が保《も》たない。

小振りなバストがまたもや目に入ると、全身の血が逆流し、ズボンの下のペニスがパブロフの犬とばかりに頭をもたげた。

(いかん、いかんっ!)

中学生の女の子、しかもイトコに欲情するとは常軌《じょうき》を逸《いっ》している。股間を見下ろせば、中心部が隆起しだし、童貞少年は慌てまくった。

(やばい、昨日出したばかりなのに、どうなってんだよ!)

性欲のスイッチが完全に入ると、牡の欲望はもはや雨が降ろうが槍が降ろうが止まらないのだ。

屹立《きつりつ》したペニスがあらぬ方向に突っ張り、折れそうなほど痛い。

一発放出し、燃えあがる情欲を鎮めなければ……。

前屈《かが》みの体勢から出入り口に向かったとたん、美玖はすかさず問いかけた。

「慎ちゃん、どこ行くの？」

「あ、その、シャ、シャワーを浴びようかと思って……ほら、今日はテーマパークで汗をたっぷり掻いたろ？　肌がべとついて気持ち悪くて」

「……そう」

とっさの思いつきではあったが、風呂場なら多少の時間を費《つい》やしても不審を抱《いだ》かれることはないだろう。

廊下を突き進んだ慎一は浴室に飛びこみ、シャツとインナーを脱ぎ捨て、ジーンズをトランクスごと引き下ろした。

怒張が反動をつけて跳ねあがり、下腹をベチンと叩く。

胴体には無数の静脈が浮きあがり、仮性包茎の先端はひとつ目小僧さながら天を睨《にら》みつけた。

「うわっ……ビンビンだ」

脈を打つ肉胴を軽く握りこんだだけで、腰に熱感が走り抜ける。

グズグズしている暇はない。

怪《あや》しまれぬよう、一分一秒でも早く事を済ませて部屋に戻らなければ……。

全裸になった慎一は棚からバスタオルを取り、磨《す》りガラスの引き戸を開いた。

「ひ、広い！」

大理石の浴槽に、ピカピカの壁とタイル。十帖ほどの浴室に目を見開くも、今は感動している余裕はない。

狭いトイレと違い、この広さならザーメンのにおいが残ることはないだろう。

さっそく浴室内に足を踏み入れ、壁のフックにタオルを掛けてからシャワーの水栓をひねる。

「おおっ、こりゃいい、ボディシャンプーがあるぞ」

慎一は恥部に湯を浴びせたあと、手のひらにたっぷりの薬液を滴らせ、肉の棍棒になすりつけた。

「お、おふっ」

ヌルヌルの液体が潤滑油の役目を果たし、すこぶる気持ちいい。

シャンプーを使用したオナニーは初めての経験だが、まさかこれほどの快美を与え

ると は考えてもいなかった。

思い浮かべるのは、もちろん杏子のグラマラスボディだ。

情熱的な唇でペニスをしごかれ、さらにはパイズリされ、大股を開いてとろとろの膣口に導かれる。

さほどの時間を要さずとも、青筋が脈打ち、睾丸の中の白濁液が暴れまわった。

(あ、あ……きょ、杏子さん)

童貞喪失《そうしつ》の瞬間が脳裏《のうり》をよぎり、射精願望が光の速さで頂点を極《きわ》めていく。

「くっ、くっ、イキそう」

虚ろな表情から大口を開けたものの、突如《とつじょ》として背筋に悪寒《おかん》が走った。

「……えっ⁉」

手の動きを止めて振り返れば、磨りガラスの向こうで人影が揺らいでいる。

(だ、誰? ま、まさか……)

心臓が萎縮《いしゅく》したとたん、引き戸がスッと開き、慎一は身を強《こわ》ばらせた。

服を脱いだ美玖が、バスタオルを身に巻きつけた恰好で現れたのである。

3

（やっぱり……ちょっと恥ずかしいかも）

細身のイトコは背を向けたまま、顔だけをこちらに向けていた。

よほど驚いたのか、明らかに頬が引き攣《つ》っている。

「慎ちゃん、私も入っていい？」

喉の奥から声を絞りだすと、慎一は餌《えさ》を待つ雛《ひな》のように口をパクパクさせた。

「ど、ど、どうしたの？」

「どうしたって……いっしょに入りたかったの」

浴室に入って戸を閉めると、彼は身を屈めて股間を隠す。引きしまった白い臀部が妙になまめかしく、乙女心がキュンと疼《うず》いた。

「だ、だめだよ、杏子さんたち、もうすぐ戻ってくるんだから。こんな場面を見られたら、大変なことになっちゃう」

「まだ、時間はあるもん……それに、帰るときはもう一度連絡してほしいって言っといたから大丈夫」

「何が、大丈夫なの？」

「スマホ、脱衣場に置いてあるの。電話かかってきたら、すぐにわかるでしょ？」

「あ、あ……」

多少は安心したのか、慎一は喉をゴクンと鳴らし、熱い眼差しを胸元に注《そそ》ぐ。

四つ年上のイトコは物心がついた頃から慕っており、沖縄に引っ越す際、唯一の心残りは彼と会えなくなることだった。

それでも頻繁《ひんぱん》に連絡を取り合い、彼のお嫁さんになりたいという気持ちは少しも変わらなかった。

背が伸び、胸も膨らみ、少しでも釣り合いの取れる女に成長しただろうか。

(でも……不思議。内気な私が、こんな大胆なことするなんて)

やはり、昨夜の覗き見が影響しているのかもしれない。性の知識もそれなりにあり、淫らな妄想に耽《ふけ》っては秘園を濡らすことだってあるのだ。

英里香の腹痛は絶好の機会を与え、簡単に会える距離ではないことから一世一代の覚悟を決めた。

後戻りする気はなく、女の子のいちばん大切なものは好きな人に捧《ささ》げたい。

美玖は胸元に手を添え、バスタオルの結び目をはらりとほどいた。

「あっ、あっ！」

慎一が上《うわ》ずった声をあげ、恥ずかしくて顔を見られない。

全身の血が沸騰《ふっとう》し、足がわなわな震えた。

「み、美玖ちゃん、な、何を？」

ツツッと歩み寄り、背後からそっと抱きつく。そして胸を押しつけ、消え入りそうな声で嘘偽《いつわ》りのない心情を吐露《とろ》した。

「慎ちゃん……ずっと会いたかった」

「それは、俺も……同じだけど」

「……懐かしいな」

「はい？」

「あたしが幼稚園児の頃、いっしょにお風呂に入ったでしょ？　覚えてないの？」

「あ、ああ……もちろん覚えてるよ。うちに泊まったとき、何度か入ったよね。忘れるわけ、ないじゃないか」

彼もまた緊張しているのか、声が震えている。美玖はやや間を置いてから、意を決して思いの丈をぶつけた。

「あたし、もう大人だよ」

「あ、あの……」

「大切なもの、慎ちゃんにあげるから」

「ええっ！」

「好き、大好きなんだから」

今度は腕を回して抱きつけば、手の先が泡まみれの硬い物体に触れた。

「え？」

「あふっ……ちょ、ちょっと」

「慎ちゃん……何、これ？」

手を払いのけられ、ようやく尋常《じんじょう》ではない状況に気づく。

シャワーを浴びていたはずなのに、慎一の身体はほとんど濡れていない。一部分だけを除いて……。

もしかすると、性器だけを洗っていたのか。

(でも、どうしておっきくなってるの？)

杏子の秘所を貫いていた男根が頭を掠《かす》め、性的な好奇心が芽生《めば》えていく。美玖は迷うことなく、次の言葉を口にしていた。

「手を離して」

「い、いや、それは……」

「あたしの言うこと、聞けないの？　離して」

「あ、あ……」

慎一は小さな呻き声をあげたあと、股間を覆っていた手をゆっくり外していった。

両の手を伸ばせば、指先が再び硬直の感触を捉《とら》える。ためらいがちに握りこめば、肉棒がビクンと躍動《やくどう》感たっぷりにいなないた。

「あ、おおっ」

「硬くて太くて、鉄の棒みたい……どうして？」

「はあはあ、え？」

「どうして、こんなにおっきくさせてるの？　シャワー、浴びてたんじゃないの？」

「そ、それは……」

「正直に答えて」

泡を男根になすりつけ、シコシコとこすれば、慎一は背筋を伸ばして喘《あえ》いだ。

「あ、あぁぁあっ」

「気持ちいいの？」

「き、気持ちいいよぉ」

「もっと、気持ちよくなりたい？」

「う、うん」

「じゃ、ちゃんと答えて。どうして、こんなになってるのか」

「はあはあ……み、美玖ちゃんが……」

「あたしが、何？」

憧れの彼を追いたてながら、胸がドキドキしだす。少女の性感も上昇気流に乗り、子宮の奥が甘くひりついた。

「すごくかわいいから、こうなっちゃったんだ」

「ホ、ホントに？」

期待したどおりの返答に、乙女心がときめく。

ペニスをキュッと握りこめば、慎一は切なげに腰をくねらせた。

「はあはあ、そ、それで我慢できなくなっちゃったんだ……でも、手を出すわけにはいかないし、仕方なく風呂場で出そうかと思って」

「そうだったんだ……あたし、魅力的になった？」

「も、もちろんだよ！　びっくりしすぎて、心臓が止まるかと思ったんだから」

「それは、言いすぎだよ」

「ご、ごめん」

慎一は紛れもなく自分に女を感じ、男性器を勃起させたのだ。

喜悦に満ち溢れ、生きていてよかったと心の底から思う。

（あぁン、うれしい！　慎ちゃんとは相思相愛《そうしそうあい》、もうあたしのものなんだ！）

愛情の裏づけが女性ホルモンを活性化させ、性的な興味とともに奉仕の精神が込みあげた。

「こっち向いて」

「……え？」

「早く」

「で、でも、あ……」

強引に身を転回させ、背伸びして唇を奪う。羞恥心は拭《ぬぐ》えないのか、彼はまたもや泡まみれの股間を隠すも、顔を寄せてリップを貪《むさぼ》った。

「ン、ふうっ」

「はふぅ、はふぅっ」

けたたましい鼻息が頰をすり抜け、厚みのある舌が口をこじ開けて侵入する。歯がカチンと音を立てたあと、熱い息が吹きこまれ、うねる舌が口中を這いまわった。

（あぁン、大人のキスしてるぅ）

体温が急上昇するなか、舌を搦《から》め捕られ、じゅるじゅると唾液を啜られる。情熱的なキスに脳漿《のうしょう》が蕩《とろ》け、膣襞の狭間から熱い潤みが溢れだす。

胸に合わさる乳頭がしこり勃《た》ち、官能電流が身を焦《こ》がすや、美玖は両の指を下腹部に伸ばした。

股間を覆う慎一の手を払いのけ、反り勃つ男根に指を絡めてゆったりしごく。

「む、むはぁあぁ」

息苦しくなったのか、彼は唇をほどきざま苦悶《くもん》の表情で顎を突きだした。

「……痛いの？」

「ち、違う……あまりにも……気持ちよくて……あ、あ、あっ」

黒目がひっくり返り、唇の端がぷるぷるとわななく。すかさず視線をペニスに向ければ、硬度がさらに増し、熱い脈動が手のひらにはっきり伝わる。

「イ、イ……イッ……くっ！」

「……え？」

包皮が雁首で反転し、尿道がおちょぼ口に開いた瞬間、乳白色の塊《かたまり》がびゅるんと迸《ほとばし》った。

「きゃっ！」

牡の証《あかし》は顔の付近まで跳ね飛び、首筋から胸の膨らみにへばりつく。

射精は一度きりにとどまらず、慎一が唸《うな》り声をあげるたびに放たれた。

「ぬおっ、ぬおっ、ぬおぉぉっ」

牝の本能なのか、肉幹をしごきたて、迫力ある吐精を瞬きもせずに見つめる。

放出は六回を迎えたところでストップし、根元から絞りあげれば、尿管内の残滓《ざんし》がぴゅっと噴きだした。

(す……すごい)

杏子の恋人とは次元の違う精液の量に、啞然《あぜん》としてしまう。

大量射精したにもかかわらず、ペニスは硬直を少しも崩さない。十代の男性は誰しも、これほどの精力を持ち合わせているものなのか。

驚嘆する一方、美玖は自分の手で頂点まで導いた事実に満足感を抱いた。

「はあふうはあ……ご、ごめん……身体に飛ばしちゃって」

「ううん、いいの」

水栓をひねり、シャワーの湯で付着した汚液を洗い落としていく。

続いて慎一の股間にヘッドを向ければ、泡がみるみる流れ落ち、やがて剝《む》き身の男性器が全貌を現した。

真っ赤に張りつめた先端、がっちり根の生えた肉傘、稲光を走らせたような静脈。

昨夜は室内が薄暗く、細部まではわからなかったが、間近で目にすると圧倒的な迫力に絶句《ぜっく》する。

(子供の頃に見た慎ちゃんのおチ×チンと……全然違う)

裏茎に走る強靱《きょうじん》な芯を人差し指でなぞれば、慎一は身をビクンと震わせた。

「はっ、はっ、はっ」

荒々《あらあら》しい吐息を耳にした限り、まだ出し足らないのかもしれない。

(もう一度、射精できるのかな?)

今は、驚きよりも好奇心のほうが勝《まさ》っている。シャワーの栓を止めたあとも、少女は勃起状態のペニスを物珍しげに弄《いじ》りまわした。

4

(し、信じられないよ)

美少女の予期せぬ振る舞いに、心臓が破裂しそうなほど高鳴る。

慎一は至高《しこう》の射精感に酔いつつ、怒張をもてあそぶ美玖を注視した。

バスタオル姿で現れたときは、どれほどびっくりしたことだろう。思考が吹き飛び、金縛りに遭《あ》ったように動けなくなった。

同時に、よこしまな思いに抗《あらが》えなかったのも事実である。バスタオルが外されたとき、目に飛びこんできた裸体に微かに残る理性も消え失せた。

形のいい乳房、括れたウエスト、むちむちの太腿はもちろんのこと、こんもりした恥丘の膨らみに薄く翳《かげ》る恥毛が峻烈《しゅんれつ》なエロスを与えた。

それ以上に刺激的だったのは、小麦色と白い肌のギャップだった。

地元ではビキニを着用しているのか、乳房と下腹部だけが生白く、焼けた肌との境界線がなまめかしいコントラストを放つ。

性的な昂奮は収まるはずもなく、脳裏に浮かべていた杏子の面影《おもかげ》は忘却《ぼうきゃく》の彼方《かなた》に吹き飛んだ。

しかもヌードを拝《おが》ませてもらったばかりか、手コキで射精まで導かれたのだ。自分の手とは比較にならぬ快感に耐えられず、大量のザーメンを放出してしまった。

羞恥に焦がれる一方、性欲は怯《ひる》むことなくレッドゾーンにとどまりつづけている。

性への執着心が全身に吹き荒れ、牡の紋章《もんしょう》がさらなる快美を求めた。

「まだ……コチコチだよ」

「はあはあ、そ、そんなに弄りまわしたら、また気持ちよくなっちゃうよ」

「結婚の約束……覚えてるでしょ？」

「……へ？」

「お風呂に入ったとき、将来結婚しようって言ったじゃない」

「あ、ああ、もちろんだよ」

唐突《とうとつ》な問いかけに答えながら、記憶の糸を手繰《たぐ》り寄せる。

（あ、あ……そ、そうだ！　言った、確かに言った!!）

自分が小学三年、美玖が幼稚園の年少の頃だったか。

彼女が自宅に泊まりにきたとき、いっしょに風呂に入り、「将来、慎ちゃんと結婚したい」と告げられたのだ。

愛くるしい懇願《こんがん》にほっくりした慎一は、深く考えずにイエスの言葉を返した。

（まだ五歳ぐらいだったのに、あんな約束を覚えてるなんて……）

了承したあと、唇にソフトなキスを見舞ったが、それすらも忘れていたのだ。

知らないと答えたら、がっかりするのは目に見えており、つい覚えていると嘘をついてしまった。

子供の頃からおとなしい女の子ではあるが、これほど一途《いちず》な性格だったとは……。

(も、もしかすると……最後までイケるんじゃ?)

邪悪な性衝動に駆り立てられ、自制心がまったく働かない。

乳房に触れようとした刹那《せつな》、美玖が顔を上げ、慎一はすぐさま手を引っこめた。

「慎ちゃんのあそこ、きれいになったよ」

「あ、ありがと」

「お風呂、入ろっか?」

「え、でも、のんびりしてる時間は……」

「あぁン、ほんのちょっとでいいから。昔を思いだしたいの」

美玖は水栓を閉め、バスタブに歩み寄りざま身を屈める。

(あ、ああっ)

プリッとしたヒップが突きだされ、臀裂の下方からはみでた恥丘の膨らみが目をスパークさせた。中心に刻まれた縦筋から赤い粘膜が微かに覗き、愛液と思われる雫《しずく》がキラキラした輝きを放つ。

(ぬ、濡れてる!?)

美少女はペニスを洗いながら、秘芯を愛蜜で濡らしていたのだ。

もはや、我慢の限界だった。

初々《ういうい》しいヌードを拝んだばかりか、男の分身をこれでもかとしごかれ、性的な欲求はいまだに怯んでいないのだ。

腰を落とし、花園に群がるミツバチさながら顔を近づける。

一点のシミもない艶肌、こんもりした大陰唇、もっちりした内腿と、初めて目にした生の女性器に気が昂《たかぶ》り、ペニスがまたもや下腹に張りついた。

「……あ」

尻肉を割り開き、乙女の恥部を剝きだしにすれば、美玖は腰をピクッと震わせる。

かまわず口を寄せて吸いつき、スリットをてろんと舐めると、酸味の強い味覚が口中に広がり、ぬっくりした乳酪臭が鼻腔を突いた。

「や、やあぁン、慎ちゃん、何してるの⁉」

「はあはあ、も、もう我慢できないよ」

「だめ、そこは、まだ洗ってないんだから」

「いい、いい！　そんなのいいっ‼」

汗を流したら、乙女のフェロモンが消え失せてしまう。そうはさせじと、慎一はすばやく舌を跳ね躍らせた。

「あンっ、やっ、だめっ、恥ずかしいよ、はぁン」

陰唇を指で開き、ゼリー状の膣壁を晒《さら》す。

コーラルピンクの粘膜に舌を這わせれば、発情臭が濃厚になり、とろみの強い淫液が奥からジュクジュクと滲《にじ》みだした。

（美玖ちゃんのマン汁だっ！）

唇を窄め、猛烈《もうれつ》な勢いで吸引すれば、脚線美がわなないて膝が折れる。

「あぁン、だめぇ、立ってられないよぉ」

慎一は女陰から口を離し、すかさずウエストに手を回した。そのまま腰を抱《かか》えあげ、美玖の上体を起こしてから壁際に促《うなが》す。

「はあはあ……な、何？」

「こっち向いて、壁にもたれて」

強引に身を反転させ、背を壁に押しつけると、つぶらな瞳が不安げに揺れた。

「慎ちゃんの目……怖いよ」

「美玖ちゃん、好き、好きだよ！　絶対に結婚しよっ‼」

「あ……ンっ」

今の心情をぶつけつつ、有無を言わさず唇を奪う。そして片手で右足を抱えあげ、迷うことなく腰を突きだした。

グスグスしている暇はない。

杏子から、今にも帰宅を告げる電話がかかってくるかもしれないのだ。

握りしめた男根を股ぐらに差し入れると、ヌルッとした感触が亀頭から胴体に走り抜けた。

「む、むぐぅっ」

官能電流が身を貫き、牡のエキスが射出口をノックする。

童貞喪失を前に、暴発するわけにはいかない。

慎一は括約筋《かつやくきん》を引きしめ、射精の先送りを試《こころ》みてから挿入口を探った。

(だ、だめだ、どこだかわかんないよ。もっと下のほうかな……あ)

肉刀の切っ先が小さな窪みをとらえ、しっぽりした感触に嬉々《きき》とする。唇を離し、下腹部に力を込めて腰を突きあげれば、美玖の顔が苦悶に歪んだ。

「あ……くっ」

バージンなら痛みがあるのは当然のことだが、今さらあとには引けない。ところが完全結合を試みようにも、雁首は膣口をぐり抜けず、少女が目尻に涙を溜める。

「い、痛いっ」

「ち、力を抜いて」

拙《つたな》いアドバイスで緊張をほぐそうとしたが、とば口は貝のように閉じたまま、いつまで経っても挿入できなかった。

前戯が足りなかったのか、それとも十三歳の女体は男を受けいれる態勢を整えていなかったのか。

後悔と焦《あせ》りから、額《ひたい》に脂汗が滲む。

（ど、どうしよう……あっ⁉）

ひと雫の血が胴体に滴り落ち、罪悪感に苛《さいな》まれた慎一は思わず腰を引いた。

膣から怒張が抜け、裏茎がスリットを上すべりする。ねとついた愛蜜と血液が雁首をこすりたてた瞬間、甘美な鈍痛《どんつう》感が背骨を蕩かした。

欲望の塊が渦を巻いて迫《せ》りあがり、ちっぽけな自制心を木っ端微塵《こっぱみじん》に砕く。

「あ、おおぉぉおっ！」

堪《こら》えようにも堪えきれない射精願望に、慎一は大口を開けて咆哮《ほうこう》した。

「きゃンっ」

鈴口からザーメンが噴出し、白桃のような乳房にまで跳ね飛ぶ。二度目にもかかわらず、放出は幾度となく繰り返され、少女の腹部を真っ白に染めた。

「はあはあっ」

意識が朦朧《もうろう》とするほどの射精感に酔いしれる一方、暴発してしまった情けなさに唇を噛む。

（な、なんてこった……先っぽを挿れただけで、イッちゃうなんて）

美玖は目を丸くし、乳丘に付着した精液を指先で掬《すく》い取る。

「すごい……またこんなにいっぱい」

「ご、ごめん……一度ならず二度までも」

「ううん、いいの……あたし、うれしいかも」

「え？」

「だって慎ちゃん、魅力的だと思ったから昂奮したんでしょ？」

可憐な容貌、お椀形の乳房に丸みを帯《お》びはじめた腰回り、そして小麦色と白い肌のコラボレーションに欲情したのは紛れもない事実なのだ。

「……もちろんだよ」

小さく頷《うなず》くと、少女は首に手を回して抱きつき、唇にキスの雨を降らした。

「将来、絶対に結婚しようね」

「……うん」

力なく答えて抱き返せば、さすがに牡の肉は萎《な》えていく。

(杏子さんに憧れてたなんて……口が裂けても言えないよな)

母親に恋していると知ったら、この子はどんなに傷つくことだろう。

「大切なもの、こっちに来たときにあげるからね」

「……ありがと」

なだらかな背を撫でつつ、慎一は困惑の表情から胸底《きょうてい》で嘆息《たんそく》した。

第二章　美叔母の芳醇ランジェリー

1

二週間後の四月一日、土曜日。

約束どおり、慎一は五泊六日の予定で倉橋一家の住む離島を訪れた。

東京から直行便で、およそ三時間。南国の地に降り立てば、雲ひとつない青空が広がり、陽射しは強くても、じめじめした湿気は感じない。

都会の喧噪《けんそう》から解放され、気分がいやが上にも高揚《こうよう》し、出迎えてくれた杏子や二人のイトコを目にしただけで目尻が下がった。

「お世話になります！」

「ふふっ、待ってたわよ。お腹、空いてない？」

「大丈夫です」

「そう、それじゃ、さっそく行きましょう」

空港から駐車場に向かい、英里香はファミリーカーの助手席に、慎一と美玖は後部座席に乗りこむ。

「慎ちゃん、一人旅は初めて？」

「はいっ」

杏子の問いかけに明るい声で答えれば、今度は英里香が身を弾《はず》ませて振り返った。

「どう？　初めての沖縄は？」

「いやぁ、この時期にこんなに暑いなんて、同じ日本とは思えないよ。でも、カラッとしてて、蒸し暑くはないんだね」

「梅雨のとき以外は、いつもこんな感じだよ」

「いいなぁ……俺、寒いの苦手だから……あ、そうだ、杏子さん！　父や母が、よろしく伝えてほしいと言ってました」

身を乗りだして声をかけるや、麗しの熟女は含み笑いをこぼす。

「ふふっ、さっき、お義姉さんから電話があったわ」

「あ、やっぱり……連絡したんだ」

「迷惑ばかりかけることになるだろうし、申し訳ないって言ってたわ。でも、あなたのことが心配なのね」

「まったく、いつまでも子供扱いしやがって」

ふくれっ面《つら》でシートに背を預けた瞬間、それまで黙っていた美玖が指をそっと絡めてきた。

さらには顔を寄せ、キスされるのではないかと泡を食う。

「今度は……ちゃんとあげるからね」

「……へ？」

「あたしの大切なもの」

耳元で囁《ささや》かれ、全身の毛穴から汗が噴きだした。

仕方なく頷くも、杏子や英里香に聞かれたのではないかとハラハラしてしまう。

（あぁ……びっくりした）

緊張に身を竦めるなか、二週間前の出来事がいやでも甦《よみがえ》る。

二度目の射精をしたあと、タイミングよく杏子から連絡があり、処女貫通《かんつう》はあきらめざるをえなかった。

残念な気持ちもあるが、最後の一線を越えなくてよかったという思いもある。

相手は血の繋がったイトコであり、しかもまだ中学生なのだ。

冷静になれば、やはり罪悪感は拭えないし、杏子の大人の魅力にも敵わない。

果たして、滞在中に童貞を卒業するチャンスはあるのだろうか。

(美玖ちゃんのほうが、圧倒的に確率は高そうだけど……ああ、どうしよう)

慎一の顔から笑みが消え、理性と本能の狭間で揺れ動いた。

先日のように積極的に迫られたら、はっきり拒否できる自信は少しもないのだ。

今回の旅行の唯一の懸念《けねん》材料が、現実問題として大きくのしかかる。

「これから、観光地を回るわね」

「……は？」

「初めて来たんだから、行ってみたいでしょ？」

「え、ええ」

美しい熟女の提案にも、今は生返事しかできない。

「今日のところは、レストランで夕食を済ませるつもりよ。ステーキ、大丈夫？」

「は、はい、好物です」

「おいしいお肉、たっぷり食べられるからね」

「やったっ！」

英里香が無邪気な声をあげた直後、美玖はことさら手を強く握りしめた。

横目でチラリと見やれば、艶々した唇と小高いの胸の膨らみに胸がざわつき、男の分身が条件反射のごとく体積を増す。

憧れつづけた麗しの美女か、穢《けが》れを知らない絶世の美少女か。

少年の心はどっちつかずのまま、二人の裸体が交互に頭を掠めた。

2

その日、慎一は鍾乳洞《しょうにゅうどう》、展望台、サンセットビーチと観光スポットを回り、ステーキハウスで夕食を済ませた。

「あぁン、おトイレ！　ママ、鍵ちょうだい!!」

倉本家に到着するや、英里香が車から飛びだし、玄関の引き戸を開けて室内に駆けこむ。

苦笑しつつ、瓦屋根を見あげながら家屋を回りこむと、縁側が目に入った。

(ずいぶんと縦に長くて……あそこから、海が一望できるんだ)

潮騒《しおさい》の聞こえる方向に視線を振れば、家の横に立つ外灯がビーチをうっすら照らし、岸壁に囲まれた白い砂浜と漆黒の海が目に入る。

慎一は感嘆の溜め息を洩らし、ぽかんとした表情で立ち尽くした。

「写真では見てたけど、ホントの入り江なんだね」

「そう、プライベートビーチだよ。ママがこの家を気に入って買ったの、わかるでしよ？」

「うん、ふわぁ……パラソルやビーチマット、ビーチチェアまで置いてある」

「ときどき、バーベキューもするんだよ」

「好きなときにバーベキューかぁ……羨ましいなぁ」

「海、ちょっと行ってみる？　ママ、いいよね？」

「ええ、行ってきなさい」

「慎ちゃんの荷物、持ってって」

デイパックを肩から下ろしたところで、預かり物を思いだす。

「あ、そうだ……杏子さん、これ」

慎一は中から茶封筒を取りだし、杏子に差しだした。

「あら、何？」

「お金です、父から預かってきました。お世話になるんだから、ちゃんと渡しておけって」

「あぁン、いいのよ。私のほうから誘ったんだから」

「でも、交通費まで出してもらってるのに……」

「お小遣いとして使えば、いいじゃないの。ねっ、そうしなさい」

美麗な熟女は微笑《ほほえみ》をたたえたまま、頑として受け取らない。

「それにね……あなたに伝えておかなければならないことがあるの」

「え、何ですか？」

「実はね、言いにくいんだけど、明後日から友だちと旅行に行くことになったの」

「……へ？」

「二泊するから、五日の水曜日には帰ってくるわ」

「あ、あの……美玖ちゃんたちは？」

「悪いけど、面倒見てもらえないかしら？」

五日といえば、慎一が帰京する前の日だ。

もしかすると、彼女が誘いをかけたのは、姉妹を見守らせる目的もあったのではないか。

(中学生と小学生の女の子だけじゃ、留守番させるのは心配だもんな)

杏子に童貞を捧げる夢が、ガラガラと音を立てて崩れ落ちた。

「そういうわけで、お金を受け取るわけにはいかないの」

「そ、そうですか……わかりました」

仕方なく封筒をバッグに戻して手渡せば、強い力で腕を引っ張られる。

「早く!」

「あ、ちょっ……」

杏子はクスッと笑ってから玄関口に向かい、慎一は美玖とともに浜辺に向かった。

意気消沈する少年とは対照的に、少女は息を弾ませる。

「ママが旅行から戻る前の日は、バーベキューパーティするから」

「……うん」

「明日はみんなで海水浴、明後日からはゆっくり話せるね。英里香がいなければ、もっと楽しいのに!」

手のひらから温もりが伝わり、あこぎな欲望がむくりと頭をもたげた。

この状況では、美玖とのあいだに何も起こらないとは考えにくい。いや、男女の関係に至《いた》る可能性はより高まったのではないか。

（キスもしてるし、先っぽまで挿れちゃったもんな）

舌を絡め合うディープキス、ペニスをしごかれ、女芯を舐めまわした光景が脳内スクリーンに映しだされる。

とたんに熱い血流が海綿体になだれこみ、男の証がズボンの下で重みを増した。

「ねえ、慎ちゃん」

「……ん？」

「……キスして」

美少女がこちらを向き、目を閉じて唇を突きだす。

胸がドキドキしだし、慎一はあたりに人影がないことを確認してから顔を寄せた。

唇が重なり、柔らかい感触と首筋から香る果実の匂いが性感を撫であげる。

ペニスはあっという間にフル勃起し、痛みを覚えるほど突っ張った。

（ああ、やばい、やばい、着いたばっかりなのに……こんなに昂奮するなんて）

胸の膨らみに手を被せただけで、美玖が肩をピクンと震わせる。

「ン、ふっ」

鼻から甘い吐息が抜け、口をこじ開ければ、清らかな唾液がくちゅんと跳ねた。

ふたつの舌がひとつに溶けるや、小さな手が下方に伸び、股間の頂《いただき》を優しく包みこんだ。

「お、ふぅぅっ」

勃起状態を悟られ、羞恥心とともに荒々しい淫情が迫りあがる。

全身が火の玉のごとく燃えあがり、息苦しさから顔を離すと、唇のあいだで唾液の糸が透明な橋を架けた。

「すごい……もうこんなに大きくなってる」

「はふっ、はふっ、そんなに弄ったら……我慢できなくなっちゃうよ」

いまだに男の生理現象が珍しいのか、少女は指先をツンツンと押しこみ、はたまた手のひらで撫でまわす。

「もう一度、見たいな」

「え、な、何を？」

「慎ちゃんが、白いミルク……たくさん出すとこ」

おとなしそうな顔をしているのに、なんと淫らな言葉を投げかけるのか。

性欲のタイフーンが勢力を増し、邪悪なエネルギーが内から迸る。

(あ、あ、ほしい、美玖ちゃんと……やりたい)

眼光《がんこう》を鋭くさせた瞬間、縁側からガラス窓を開ける音が聞こえ、二人は慌てて飛びのいた。

「二人とも、何やってんの!?　あたしも行くぅ!!」

英里香の甲高い声が響き渡り、いやな汗が背筋を伝う。

まさに危機一髪。幸いにも、ふしだらな行為は見られなかったらしい。

「んっ！　もう、お邪魔虫！」

美玖は頰をプクッと膨らませるも、慎一は疲れた表情で安堵《あんど》の胸を撫で下ろした。

3

同日の夜、慎一は悶々《もんもん》として眠れなかった。

美玖に欲情している最中に英里香が現れたため、無理に抑えこんだ性衝動はいまだに燻《くすぶ》ったままなのだ。

(それにしても……杏子さん、旅行だなんて、ひどいよな。それならそれで、初めから言ってくれればよかったのに)

姉妹の面倒を見るのはかまわないが、なぜ事前に伝えてくれなかったのか。

「あぁ、杏子さん」

美熟女への思慕《しぼ》が再燃し、ペニスがズキズキと疼きだす。

先ほど入浴した際、脱衣場に置かれた洗濯機を目にしたことが大きな影響を与えていた。

(あの中に、杏子さんの穿《は》いてたパンティが入ってるんだよな)

美貌の熟女は、どんなランジェリーを身に着けていたのか。

頭に浮かんだショーツはぼんやりしたまま、まったくイメージできない。

(あぁ、だめだ……気になって眠れない)

壁時計を見あげれば、いつの間にか午前一時を過ぎている。

ひょっとして、美玖が忍んでくるのではないかと思ったのだが、この時間ではさすがに寝ているに違いない。

(やっぱり……一発抜かないと、とても寝られないや)

慎一はブランケットを剥ぎ、寝床からむっくり起きあがった。

4LDKの古民家はきれいにリフォームされていたが、洋間はひと部屋もなく、出入り口はすべてが襖で、もちろん内鍵はかけられない。

ショーツを盗みだすなら、慎重にならなければ……。

(オナニーしたあと、すぐに洗濯機に返しておけば、絶対にばれないさ)

小さく頷き、緊張に身を引きしめる。襖を開け、首を伸ばして様子をうかがえば、廊下はしんと静まり返っていた。

（この時間なら、当たり前か……大丈夫、杏子さんたちは離れた部屋で寝てるし）

幸いにも、浴室は廊下を挟んだ斜め前にある。一歩踏みだしただけで足元が軋《きし》み、冷たい汗が背筋を伝った。

浴室の引き戸を開ければ、脱衣場にはまだ湿気が残っている。

のんびりしている暇はない、さっさと事を済ませて眠りにつかなければ……。

（確か……杏子さんは、いちばん最後に風呂に入ったはずだ）

照明はつけずに洗濯機へ歩み寄り、上蓋《うわぶた》を開けて中を覗きこむ。

「……あ」

ライトブルーのカットソーと白のコットンパンツは、間違いなく杏子が先ほどまで着ていたものだ。

「こ、この下に……」

震える手で衣服を除《の》ければ、クリーム色のブラジャーとショーツが目に入る。

布地面積の少ない総レース仕様のセクシーランジェリーで、女子中学生や女子小学生が穿く下着とは思えない。

「ま、間違いなく……杏子さんの……パンティだ」

ハーフパンツの下のペニスが限界まで膨張し、ふたつの肉玉が早くも持ちあがる。

慎一はショーツを引っ張りだし、Tシャツの下に入れるや、鼻の穴を広げて浴室をあとにした。

「はあはあっ」

心臓がバクバクと音を立て、胸が甘く締めつけられる。倒錯《とうさく》的かつ新鮮な刺激に、脳幹が桃色一色に染められた。

部屋の照明をつけ、襖を閉じてからショーツを取りだす。続いてTシャツとパンツを下着ごと脱ぎ捨て、充血の猛《たけ》りを剝きだしにした。

(す、すげえ、もうビンビンだ)

ペニスは焼け火箸《ひばし》のように熱く、宝冠部はパンパンに張りつめている。そっと触れただけで、青竜刀《せいりゅうとう》のごとくしなった。

「はあふう、杏子さんのパンティ」

手触りのいい布地を目の高さに掲《かか》げ、エレガントな花柄の刺繡《ししゅう》をしばし愛《め》でる。間を置かずに船底に指を添えれば、ほのかな湿り気に喜悦した。

(あ、ああっ、すごいぞ……杏子さんが数時間前まで穿いてたんだ)

鼻を近づけると、甘い匂いに混じり、汗の香りが鼻腔を燻《いぶ》す。

「はっ、はっ、もう我慢できないっ！」

慎一はデイパックを引き寄せ、中から取りだしたポケットティッシュを布団の真横の畳に敷き詰めた。

オナニーの準備を整えてからシーツに正座し、ショーツのウエストを広げる。同時に中指でクロッチを外側から押しあげれば、秘めやかな裏地が徐々に現れた。

「あっ、あっ、あっ」

くっきりとスタンプされたグレーのシミに、驚嘆の声をあげる。中央に走るレモンイエローの縦筋は、排尿後の拭き残しか。

周囲には粘液の乾いた跡がべったり張りつき、甘酸《あまず》っぱさの中にツンとした刺激臭が匂い立った。

美しい大人の女性でも、下着をこれほど汚すのだ。

鼻を近づければ、今度は汗混じりの乳酪臭が鼻腔にへばりつく。

決して香気《こうき》とは言いがたいのに、熟女のフェロモンが交感神経を麻痺《まひ》させ、ペニスが派手にいなないた。

（あぁ、すごい、すごいよ！）

狂おしい感情が身を焦がし、腰をくなくな揺らす。獣欲モードに突入した慎一は、クロッチに鼻を押し当てたまま怒張に手を伸ばした。

肉幹を軽くしごいただけで脳幹が疼き、バラ色の靄《もや》に包まれる。

淫らな汚れは、杏子の恥部が押し当てられていた事実を如実《にょじつ》に証明しているのだ。匂いだけでは満足できず、慎一はティアドロップ形のシミに舌を這わせた。

「お、おうっ」

ショウガにも似た刺激がピリリと走り、唾液で溶けた粘液の跡がさらなる芳醇《ほうじゅん》な香りを漂わせる。

(あ、あ……も、もう……我慢できない)

彼女の女陰を舐めているような錯覚《さっかく》に陥《おちい》り、包皮を剝いて怒張をしごけば、めくるめく快感が全身を駆け巡った。

下腹部がフワフワしだし、白い閃光《せんこう》が脳裏で瞬《また》きだす。

快感度数は緩《ゆる》むことなく上昇し、男の分身が頭をブンブン振る。

新鮮な体験が多大な愉悦を吹きこみ、自分の意思とは無関係に射精へのカウントダウンが始まった。

4

「あ、あぁン……気持ち……いい」

英里香はベッドに横たわり、いけない独り遊びに耽っていた。

パジャマの上着をはだけさせ、下半身丸出しの状態で指先をスライドさせる。

空いた手で乳頭を爪弾《つまび》けば、快感の高波が押し寄せ、膣の奥から淫水がしとどに溢れでた。

にっちゅにっちゅと猥音が鳴り響き、大股を広げて快楽に身を委《ゆだ》ねる。

オナニーを覚えたのは三年前、小学二年のときだったか。

シャワーの湯を局部に当てたときに快美を覚え、それ以来、病みつきになってしまった。

はしたない行為だとわかっていても、悶々とするたびに指が股間に伸びてしまう。

週に三回は自慰に没頭《ぼっとう》し、天にも舞いのぼる感覚を味わえば、気分がすっきりし、どんなにいやなことがあっても忘れられるのだ。

「はあはあ……ハヤトくん」

ボーイフレンドの面影を思い描き、指の抽送を速めていく。

彼とはひと月前にファーストキスを済ませ、その後は何度も互いの恥部をまさぐりあった。

シャワーオナニーとは比較にならぬ快感と性の悦びに打ち震え、バージンをあげようと決心していたのだ。

ところが彼は一週間前、親の急な仕事の都合から内地に引っ越してしまった。

連絡先は交換したものの、ショックから立ちなおれず、鬱屈《うっくつ》した気持ちが少女を久しぶりの自慰行為に導いた。

「あ、あ、いい、イッちゃいそう……ハヤトくん、だめ、そんなに激しくしたら」

自分の指を彼の指に置き換え、律動のピッチをトップスピードに跳ねあげる。

敏感な肉粒を引き転がしたとたん、ヒップがシーツから浮き、快楽の稲妻が身を貫いた。

「イクっ、イクっ……イックぅ」

恥骨を上下に振り、総毛立つほどの絶頂感をたっぷり味わう。

「あ、あ、あぁ」

腰をシーツに落とした英里香は、胸を波打たせながら快楽の波間をたゆたった。

(ああ……気持ちよかった)

気分はさっぱりしたが、この日はなかなか割り切れない。

イケメンのボーイフレンドは夏休みに遊びにくると言ったが、果たして約束は守られるだろうか。

(小学生だもん……親といっしょでなきゃ、一人で来るのは無理だよ)

身を起こし、前髪を掻きあげて小さな溜め息をつく。

「しょうがないか……きっと、また会える日が来るよね」

本来の楽観的な性格を取り戻し、英里香はようやく気持ちを切り替えた。

慎一の来訪も、いい気分転換になった気がする。決してイケメンではないが、とても優しくて、顔を合わせるたびにかわいがってくれた。

(引っ越したのが小学一年のときだから、それまではパパ代わりだったかも)

五歳のときに亡くなった父の記憶はほとんどなく、身近な年上のイトコにずいぶん懐いていた気がする。

慎一が帰京するのは六日のため、春休みが終わるまで退屈しないで済みそうだ。

「明日は海水浴か……楽しみだな」

胸を躍らせるも、剝きだしの下腹部に苦笑する。

「はあ、またやっちゃった」

久しぶりだったこともあり、今夜は派手に乱れてしまった。

秘園は愛液にまみれ、内腿のほうまで垂れている。

「あ、やだ……ウエットティッシュ、切れてる」

このままの状態で寝るのは気持ち悪いし、下着やシーツを汚してしまう。

(シャワーで、洗い落とすしかないか)

浴室の斜め前の部屋には慎一がいるため、下半身丸出しで向かうわけにはいかない。

英里香は仕方なく股間にタオルをあてがい、その上からパジャマズボンを穿いた。

(お姉ちゃんは、寝たのかな?)

襖を微かに開けて様子を探れば、真向かいの部屋から軽い寝息が聞こえてくる。

姉も慎一の来訪を楽しみにしており、昨夜はあまり眠れなかったと言っていた。

おそらく、熟睡モードに突入しているのだろう。英里香はホッとした表情で部屋をあとにし、摺《す》り足で浴室に向かった。

薄暗い廊下を右に折れ、十メートルほど進んだところで足を止める。

(慎ちゃん、寝てるのかな?)

遅い時間に二度目の入浴をするのだから、不審に思われるのは間違いなく、できれば気づかれたくない。

曲がり角から首を伸ばしてうかがうと、こちらは廊下の照明が煌々《こうこう》とついていた。

(こうなったら、覚悟を決めて行くしかないよね。気づかれたとしても、顔を洗いにきたって言えばいいんだから)

息を小さく吐き、今度は威風堂々《いふうどうどう》と浴室に向かう。

慎一の部屋は襖が二センチほど開いており、照明の光が微かに見て取れた。

(お、起きてる？　しょうがない、サッと通りすぎちゃえ)

真正面を向いたまま部屋の前を通りすぎようとした刹那、低い呻き声が聞こえ、反射的に足を止める。

思わず視線を横に振れば、衝撃的な光景が目に飛びこんだ。

襖の隙間の向こうで、全裸の慎一がペニスをしごいていたのだ。

(あ、あ、嘘っ)

四年ぶりに再会したイトコが、同じ時間にオナニーで欲求を解消していたとは想像だにしなかった。

すぐに、この場から離れなければ……。

とっさのベストな判断も、奇妙な姿を捉えた瞬間に塵《ちり》と化した。

（な、何？　何か、鼻に押し当ててる……あ、あっ⁉）

レース仕様の布切れは、紛れもなくショーツではないか。

（マ、ママのパンツだ！　どうして……）

慎一が母の下着を手にしている謎は、すぐにわかった。

彼は脱衣場に忍びこみ、洗濯機から使用済みのランジェリーを盗みだしたのだ。

誰のものでもよかったのか、それとも杏子の私物が目的だったのか。

（きっと、ママだわ……もてるもん）

倒錯的な光景に鳥肌が立つも、今度は股間から伸びたペニスに目を奪われる。

ボーイフレンドのモノより倍近くも大きい逸物に、胸の高鳴りを止められない。

慎一は目をとろんとさせ、肉のすりこぎ棒をゴシゴシしごいている。もちろん、異性のオナニーシーンを目にするのは初めてのことだ。

快感の残り火がまだ燻っていたのか、子宮の奥がキュンとひりつく。

（あんな力いっぱいこすって……痛くないのかな）

喉をコクンと鳴らした直後、獣じみた声がまたもや耳に届いた。

「ああっ、ぐ、くっ」

ペニスがビクンとしなったとたん、太腿の筋肉が激しく痙攣する。

「お、お、おうっ！」

慎一は顎を上げ、ペニスの先端から白濁の液を迸らせた。

粘液は畳に置いたティッシュを飛び越え、二発目、三発目も天高く舞いあがる。

（ひっ⁉）

慌てて口を塞ぐなか、彼は恍惚《こうこつ》とした表情で腰をぶるっと震わせた。

「あ、あ、あぁあっ」

迫力ある射精シーンに度肝《どぎも》を抜かれ、今はただ身を強ばらせるばかりだ。

足も竦んでいるが、いつまでもこの場に佇んでいるわけにはいかない。

英里香は目を逸らし、踵《きびす》を返して自分の部屋に戻った。

第三章　小悪魔少女のエッチな遊戯

1

翌日、慎一は朝食を済ませたあと、ひと足先にプライベートビーチへ赴《おもむ》いた。

すっきりした青空、透明度の高い海、柔らかい砂浜。リゾート地を訪れた実感に浸《ひた》り、リクライニングチェアに寝そべる。

目を閉じ、心地いい潮騒を聞いているだけで、東京での慌ただしい生活がバカバカしく思えた。

それでも体調は万全とは言えず、生あくびを噛み殺す。

(なんせ、連続で二回も出しちゃったもんな)

杏子の使用済みショーツはそれほどの魅惑を秘めており、事を済ませたあとは洗濯機に戻し、不義理な行為は誰にも知られずに完遂《かんすい》した。

多少なりとも気分は晴れたが、まだ後ろ髪を引かれる思いはある。

(頻繁に沖縄に来ることはできないし、杏子さんのことはあきらめるしかないんだろうけど……)

美玖に童貞を捧げる可能性が高まり、血の繋がりがあるイトコ、十三歳という年齢が決心を鈍《にぶ》らせる。

(普通に考えて、掟破《おきて》りだよな。中学一年……いや、四月に入ったから、中二になったのか。そんな子供に手を出すなんて)

罪の意識が頭を掠めるも、彼女とはすでに清らかな関係ではないのだ。

ペニスに付着していた血を思いだしただけで、後悔の念に襲われた。

(出血があったってことは、やっぱり処女膜が破れたのかな? ということは、今の俺は半分童貞なのか?)

何とも中途半端な状況に、心がざわざわする。美玖の積極的な振る舞いは、完全に彼氏扱いしているとしか思えない。

今さらつれない態度を見せられるはずもなく、もはや禁断の関係は避けられそうになかった。

(真面目な女の子だけに、一直線なんだよな。杏子さんに知られたら、ぶっ飛ばされるかも……ああっ)

頭を掻きむしった瞬間、遠くから呼びかける声が聞こえてくる。

「慎ちゃぁん!」

「……あ」

身を起こして振り返れば、紺色のスクール水着を着た美人姉妹がボディボードを手に小走りでやってきた。

(美玖ちゃん、風呂に入ってきたとき、ビキニの形に焼けていたはずだけど……て、何を考えてんだ、当たり前のことじゃないか)

おそらくビキニは家族だけのときに着用しており、杏子から事前に注意されていたのかもしれない。

「慎ちゃん、いきなり日光浴?」

「あ、う、うん」

「はい、これ」

美玖がボディボードを砂浜に下ろし、シュノーケリングを差しだす。

「慎ちゃんのだよ」

「お、俺の？　用意してくれたんだ」

「お魚、たくさん見れるし、ボードも貸してあげるから」

「あ、ありがと」

笑顔で感謝すると、彼女の下腹部がちょうど目線の高さになり、見るからに柔らかそうな楕円《だえん》形の膨らみにドギマギした。

二週間前、股布の下に息づく女陰を目に焼きつけ、舌でたっぷり味わったのだ。

プルーンにも似た甘酸っぱい味覚とふしだらな媚臭を思いだし、牡の本能が自然と騒ぎだす。

（嘘だろ、昨日、二回も出したのに……）

慌てて目を逸らせば、今度は英里香のヒップが目に入った。

布地が臀裂にぴっちり食いこみ、足の長さは姉に勝るとも劣らない。

線こそ細いが、しなやかな肉体は野生的な魅力に満ち、こちらも小学生とは思えぬ色気を感じさせた。

（ふ、二人とも……発育がいいんだな）

慎一は少しでも気を鎮めようと、当たり障《さわ》りのない質問を投げかけた。

「英里香ちゃんも、ボディボードするんだ？」

「うん……こっちでは普通。小さい頃から、みんなやってるよ」

英里香はニコリともせず、海を見つめて答える。

昨日は再会してからしゃべりっぱなしだったのに、今日はなぜか口数が少ない。

（朝に弱いのかと思ったんだけど、何か機嫌を損《そこ》なうことでもしたかな？）

女心と秋の空ではないが、思春期の女子は気分の浮き沈みが多いと聞く。

さほど問題ではないと判断した直後、杏子がクーラーボックスとトートバッグを手に玄関口から現れた。

（あっ、杏子さんだ）

無意識のうちに目を向け、美熟女の登場を脇目《わきめ》も触れずに見つめる。

襟元に白いフリルをあしらった淡紅《たんこう》色のワンピース水着に、いやが上にも胸が高鳴った。

遠目からでもはっきりわかるロケット乳、蜂のように括れたウエスト、官能的なカーブを描く腰回りとむちむちの太腿。二人の娘は、母親の遺伝子を濃く受け継いでいるのだろう。

（ダ、ダイナマイトボディ……やっぱりすげえや）

あきらめかけていた恋心が息を吹き返し、身体の芯がカッと火照りだす。

（ああ、マジで明日から旅行に行っちゃうのかよ）

今夜中に、彼女のほうから誘われないだろうか。

淡《あわ》い期待を寄せたものの、アダルトビデオのような都合のいい展開はあろうはずもない。

「あら、慎ちゃん、まだ泳いでないの？」

「あ、え、ええ……泳ぎは、あまり得意じゃないんで」

「ひょっとして、相変わらずカナヅチなの？」

「面目《めんぼく》……ないです」

「ふふっ、この海岸は遠浅《とおあさ》だから、心配しなくて大丈夫よ。あ……クーラーにジュース入れてきたから、喉が渇いたら飲んでね」

豊熟の美女はそう言いながら、パラソルの真下にクーラーとバッグを下ろした。

（ああっ、背中が丸出しの水着だぁ）

ファッション関係の仕事をしているせいか、日焼け対策をしているのか、杏子の肌はどちらかと言えば白い。

きめの細かい肌質にうっとりし、豊満なヒップがハートを矢のごとく射抜《いぬ》く。

生唾を飲みこんだ瞬間、美玖に腕を摑《つか》まれ、慎一はようやく我に返った。

「慎ちゃん、行こう！　ボディボードがあれば、泳げなくても大丈夫でしょ！」

「あ、う、うん」

最後の望みをかけ、熟女とより多くの接点を持ちたいが、べったり張りついているわけにもいかない。

杏子と英里香を浜に残し、慎一はやむなく美玖と海に向かった。

2

(ああ、いい気持ち)

美玖は仰《あお》向《む》けの状態で波間に漂い、真っ青な空《さお》を眺めていた。

この日は朝から気温が上昇し、絶好の海水浴日和《びより》だ。

慎一の来訪により、今年の春休みは忘れられない思い出になるのではないか。

(ママは明日から旅行だし、大切なものをあげるには最高のチャンスだよね)

都内のホテルであそこを舐められたときは、あまりの気持ちよさに甘い声が洩れてしまった。

バージン喪失を覚悟したものの、まさか暴発するとは思わず、次の機会に繰り越されたのである。

挿入時の痛みは尋常ではなかったが、処女を捧げる気持ちに変わりはない。

明日は、どんなシチュエーションで誘いをかけようか。

(英里香がいるから、昼間は無理だし、やっぱり夜遅い時間になってからかな?)

あれこれと計画を練《ね》るなか、突然海面が大きく波打ち、何事かと頭を起こす。

「お姉ちゃん」

いつの間に近くに来たのか、英里香がらしくない真面目な顔で佇んでいた。

「な、何よ、あんた！　驚くじゃない」

「ごめん……あのさ、ちょっと気になることがあって」

「気になること？」

オウム返ししてから、心臓をドキリとさせる。

ひょっとして、慎一への思いを知られたのではないか。

車の中で手を繋いだぐらいで、仲睦《むつ》まじい姿は見せなかったはずだが……。

(ばれるはずないよ。浜でキスしたときだって、すぐに離れたんだから)

英里香はさらに身を寄せ、小声で予想外の疑問を投げかけた。

「あのさ……慎ちゃんて、ママのことが好きなの？」

「はあ？」

杏子は確かに美人だが、三十六歳のおばさんであり、高校生の慎一が恋愛の対象として見るわけがない。

「何をバカなこと言ってんの？　そんなこと、あるわけないでしょ」

思わず吹きだすも、妹は相好《そうごう》を崩さず、得体の知れない不安が押し寄せた。

「どうして、そう思ったのよ」

「別に、ただなんとなくそう感じて……」

そう言いながら、英里香は浜辺をチラリと見やる。

慎一はほとんど泳ぐことなく、砂浜で日光浴ばかりしていた。

今は目が覚めたのか、杏子と楽しそうに話している。

遠目からは、仲のいい叔母と甥にしか見えないが……。

「あんたの勘違いだよ。第一、ママには……」

「知ってる。恋人がいるってことは」

「ちょ、ちょっと、知ってたの⁉」

「うん……相手が誰かはわからないけど、ひと月ぐらい前だったかな？　ママが電話でデートの約束してるの聞いちゃったの」

「そ、そう」

「明日からの旅行って、彼氏と行くんでしょ？」

「たぶん……」

杏子は独身で美人なのだから、交際相手がいたとしても不思議ではない。それでも娘としては複雑な心境で、彼氏との交情まで目撃したのだからなおさらのことだ。

あの日の光景を思いだし、眉根を寄せるも、元来が能天気の妹はここでようやく白い歯をこぼした。

「ママ、その人とエッチしてるんだよね」

「……こらっ」

「睨みつけなくてもいいでしょ。ママは大人なんだし、当たり前のことなんだから」

「ませすぎなの！」

「そんなことより、慎ちゃんは彼氏の存在を知らないわけだし、ママが好きなら、かわいそうじゃん」

「あ、あるわけないよ。歳だって、離れてるんだし」

「でも、クラスの男子はみんな言ってるよ。お前の母ちゃん、きれいだなって。ほら、よくあるじゃない。年上の女に憧れる若い男の話」

「どこから聞いた情報よ」

「テレビドラマでも、そんなシチュエーション、いくらでもあるじゃん」

言われてみれば、そのとおりで、不安の影がいっそう濃くなる。

険《けわ》しい顔をした瞬間、英里香はなぜか謎めいた笑みを浮かべた。

「あたし、それとなく聞いてみようと思うんだ」

「……え？」

「ママのこと、どう思ってるのか。私の勘違いだったら、それで済むわけだし」

「で、でも……」

「それとも、お姉ちゃんが確かめてみる？」

「い、いやよ、そんなこと！」

彼とはファーストキスを交《か》わし、半ば男女の関係に至っているのだ。

(もし、ママのほうが好きだなんて言われたら……)

あまりのショックから、生きる気力を失ってしまう。

天真爛漫《てんしんらんまん》な妹は、姉の心配など、どこ吹く風とばかりにはしゃいだ。

「昼ご飯のあとにでも、聞いてみるよ！　こういった話、あたし、大好きだし！　友だちの恋愛相談も、よく聞いてあげてるんだよ！」

今日は朝から機嫌が悪そうだったのに、相変わらず変わり身の早い性格だ。

（ホントに……ませてるんだから）

何にしても、英里香が確かめてくれるなら、手を煩《わずら》わせなくて済む。

（まあ、ただの勘違いで終わるだろうけど……）

ドラマは、あくまでドラマ。十七歳の男子が、アラフォーの熟女に恋心を寄せることなどありえない。

美玖は息をひとつ吐き、微かに残る不安を無理にでも頭から追い払った。

3

昼を迎えると、英里香は自宅に戻り、ソーキ入りの冷やしそばに舌鼓《したつづみ》を打った。

「うまい、うまいです！」

慎一は顔を輝かせ、盛《さか》んに賞賛《しょうさん》の言葉を放つ。

汗をたっぷり掻いたせいか、絶妙な塩加減は確かにおいしい。

さりげなく様子を探れば、彼はときおり杏子を見つめ、頬をポッと赤らめた。

「口に合ったようで、よかったわ」

「今日のは、ちょっと味つけが濃いみたい」

「慎ちゃんに合わせたのよ。若い男の子は、濃い味好みだから」

母は姉の言葉に笑って答え、慎一は慌てて謝罪した。

「美玖ちゃん、ごめんね」

「ううん、これはこれでおいしいよ」

「英里香ちゃんは、大丈夫？」

「うん、あたしは全然平気」

顔を上げることなく、そっけない態度でそばを啜る。

（まさか、いやらしいこと考えてるわけじゃないよね）

杏子は明日から旅行に出かけるため、チャンスがあるとすれば、今日の夜しかないはずだ。

（ママは慎ちゃんのこと、どう見てるんだろ？　いくら何でも、高校生の甥っ子を相手にするとは思えないけど……）

一計を案じた英里香は、あえてしおらしい態度で問いかけた。

「今日の夜、ママといっしょに寝ていい？」

「あら、どうして？」

「だって、明日から旅行に行くんでしょ？　しばらく会えなくなるの、寂しいもん」

娘が同じ部屋で寝れば、二人が接点を持つ機会は自然と失せる。また、杏子に甥を誘う気があるのなら、唐突な頼みは拒否するはずだ。

「ふふっ、甘えん坊さんね……いいわよ」

想定内の返答にホッとする一方、慎一はあからさまに肩を落とした。

（やっぱり……ママにアプローチするつもりだったのかな？）

杏子が魅力的なのは否定しないが、ちょっぴり妬《ねた》ましい気持ちもある。学校ではいちばんもてるし、ラブレターだって、これまで何通ももらっているのだ。

女のプライドが傷つけられ、意地悪い気持ちがムクムクと頭をもたげた。

（もしそうなら、たっぷりお仕置きしてやるんだから……パンツを盗んだことも許せないし）

昨夜の自慰行為を思い返し、今度は性的な好奇心が芽生えだす。

とにかく、慎一をここから連れださなければならない。

タイミングを見計らい、英里香はあどけない表情で身を乗りだした。

「慎ちゃん、もう食べ終わったの？」

「え？　あ、う、うん」

「ちょっと、つき合ってくれない？」

「どこに？」

「いいから、いっしょに来て」

「あ、ちょっ……」

慎一は啞然としていたが、かまわず手首を摑んで椅子から立たせる。

「どうしたの？　食事が済んだばかりじゃないの」

「いいの！」

母親の杏子は怪訝な顔で咎《とが》めたが、事情を知っている美玖は顔色ひとつ変えない。

「早く、早く」

「わ、わかったから、そう引っ張らないで」

英里香は先立って玄関口に向かい、彼は苦笑を洩らしてあとに続いた。

ビーチサンダルを履いて外に出れば、陽射しは相変わらず砂浜を照りつけている。

誘いだしに成功した英里香は、心の中でほくそ笑んだ。

（ふふっ、うまく連れだせた）

決して見せたい場所があるわけではなく、杏子を女として見ているのか、どうしても確かめておかなければ……。

そして、もうひとつの目的を思い描いただけで胸の鼓動《こどう》が高まった。

「ど、どこに行くの？」

「こっちよ」

右サイドの岸壁伝いに歩いていけば、彼は不安に顔を曇らせる。

「足、すべらせないようにして……大丈夫？」

「そりゃ、平気だけど、この先に何があるの？」

「洞窟だよ」

「洞窟？」

「そう、この岸壁の先端にあるの。秘密の場所なんだ」

洞窟への出入りは杏子から禁じられており、美玖にも伝えていないので、誰の目も気にせずに話せる場所でもあるのだ。

「あと、もうちょっと……ほら、ここだよ」

岩壁《がんぺき》にぽっかり空いた三メートル四方ほどの洞穴を前に、慎一は口をあんぐり開け放った。

「あ、ど、洞窟だぁ」

「波の力って、すごいよね。長い年月をかけて浸食《しんしょく》したんだから」

「奥は、どうなってんの？」

「奥行きは、五、六メートルほどかな？」

「ああ、入り江になってんだ。両脇に細い道みたいのができてる。あ……」

洞窟内に足を踏み入れると、背後から驚きの声が聞こえた。

「ちょっ、危なくないの？」

「昼は引き潮だから安全だよ、慎ちゃんも来て」

杏子は日焼けを気にし、午後はいつも浜辺に出てこない。

洞窟への出入りがばれたとしても、慎一の付き添いがあったなら、さほど叱責《しっせき》されることはないだろう。

二メートルほど進んだところで、英里香は振り返りざま手招きした。

この位置なら陽射しが届くため、互いの顔を見て話をするのに問題はない。

「早く」

「あ、う、うん」

慎一は身を屈め、恐るおそる洞窟内に足を踏み入れる。

「ふわぁ、底を泳いでる魚が見える。あまり深くはなさそうだけど……洞窟の奥はかなり暗いね」

のんびり無駄話をしている余裕はなく、英里香はさっそく核心に切りこんだ。

「慎ちゃん」

「……ん？」

「慎ちゃんてさ、ママのことが好きなの？」

「えっ!?」

慎一はぽかんとしたあと、苦笑いを返すも、動揺しているとしか思えない。

「そ、そりゃ、杏子さんは好きだよ。きれいだし優しいし、今回だって自腹で誘ってくれたんだから、嫌いなはずないでしょ？」

「そういう意味じゃなくて、女としてどうかって聞いてるの」

「……へ？」

じっと見据《す》えれば、口元が引き攣り、急に落ち着きがなくなる。

「そんなこと……だって、相手は叔母さんだよ」

「血は繋がってないよね？」

「それはそうだけど、歳だって離れてるし……どうして、そんなこと聞くの？」

怪訝な表情を見せるイトコに、英里香はとうとう切り札を突きつけた。

「昨日、見ちゃったんだ」

「……は？」

「慎ちゃん、部屋でいやらしいことしてたよね？」

「なっ⁉」

キッとねめつければ、一瞬にして顔から笑みが消える。

まさか、覗かれていたとは夢にも思っていなかったのだろう。今度は目を伏《ふ》せ、唇の端をわなわな震わせた。

「汗を掻いたから、もう一度シャワーを浴びようと浴室に向かったの。そしたら襖がちょっとだけ開いてて……」

「み、見たの⁉」

「変な呻き声が聞こえてきたから、何事かと思って……もう、びっくりしたよ」

「あ、あ……」

「手に持ってたの、ママのパンツだよね？」

追及の手を緩めずに問いつめるも、慎一はだんまりを決めこむ。よほど恥ずかしいのか、苦悶の表情を浮かべた。

「女として見てなきゃ、あんなことしないよね？」

まともに答えられないのだから、杏子に恋心を抱いていたのは間違いなさそうだ。

しばし沈黙の時間が流れたあと、英里香は強烈な一撃を見舞った。

「ママ、恋人がいるんだよ」

「えっ⁉」

「明日からの旅行もね、その人と行くみたい」

「それ、ホント⁉」

「嘘なんてついても、しょうがないじゃん」

「ああ……」

慎一は項垂《うなだ》れ、深い溜め息をつく。

哀《あわ》れみを感じないわけではないが、年齢差を考えても、成就《じょうじゅ》するはずのない片思いなのだ。

(ママが、慎ちゃんを相手にするわけないじゃん。身の程知らずだよ)

奇妙な嫉妬《しっと》の炎がまたもや燃えあがり、どす黒い感情が脳裏を埋め尽くす。

英里香は間合いを詰め、ことさら悲愴《ひそう》感たっぷりの表情で口を開いた。

「あたし、ショックだったな……慎ちゃんが、あんなことするなんて……パンツ盗みだすなんて、泥棒と同じじゃん」

「あの……」

「何っ⁉」

「ど、どこまで……見たの？」

「途中から最後まで」

「さ、最後まで？」

「もう汚らしくて、そのあとは慌てて自分の部屋に戻ったんだよ」

「な、何をしてたのかは……知ってるの？」

「オナニーでしょ」

あっけらかんと答えれば、慎一は唖然呆然とする。

十一歳の少女に自慰行為の知識があるのだから、よほどびっくりしたのだろう。

顔はすっかり血の気を失い、目が点になっていた。

(まだまだ、こんなもので終わらないんだから)

ペニスをしごいている光景を思いだし、胸をドキドキさせる。

いちばんの目的を遂行《すいこう》するべく、英里香は平静を装《よそお》いながら言葉を続けた。

「私だったから、よかったんだよ。ママやお姉ちゃんに見られていたら、今頃は家から追いだされてるかも……汚れたパンツを盗むなんて最低最悪だし、女としては絶対に許せない行為だもん」

「あ、あわわ」

「あたしだって、怒ってるんだからね！」

「お、お願い！　内緒にして！　誰にも言わないで!!」

慎一は顔の前で手を合わせ、泣きっ面で懇願してくる。

六歳も年上の男が、弱みを握られてへこへこしているのだ。

女のプライドを多少なりとも取り戻した少女は、心の中でにんまりした。

「どうしよっかな」

「お願い！　何でも、言うこと聞くから!!」

「ふうん、何でも？」

「も、もちろんだよ！　ほしいもの、あるでしょ？　お金はほとんど使ってないし、多少高いものでも買ってあげられるから！」

必死の懐柔策《かいじゅうさく》に呆《あき》れる一方、予定どおりの展開に愉悦を覚える。

ひと呼吸置いてから、英里香は事前に用意していた言葉を突きつけた。

「それじゃ、やってみせてよ」

「へ……何を？」

「昨日、部屋でしてたこと。離れていたし、よく見えなかったんだ。あたしの前でもう一度してくれたら、ママにもお姉ちゃんにも黙っててあげる」

「そ、そんな……」

よほど驚いたのか、慎一は目を剝いて絶句する。返事を待っても、ひたすら沈黙が流れるのみだった。

これ以上は待っていられない。

美玖が居場所の当たりをつけ、様子を見にやってくるかもしれないのだ。

焦れた英里香は、ついに強硬手段に打って出た。

「そっ！　見せてくれないなら、いいよ」

身を反転させて出口に向かえば、震える声が追ってくる。

「あ……どこ行くの？」

「決まってるでしょ！　昨日のこと、報告するの」

「ちょっ、ちょっと待って！　わかった！　わかったから、それだけはやめて!!」

腕を摑まれて振り返れば、彼の顔はすっかり恐怖に歪んでいた。

「み、見せれば……いいんでしょ？」

「そっ、これは罰でもあるんだからね」

「ば、罰？」

「当たり前でしょ、れっきとした犯罪行為なんだから……違う？」

「違くはないけど……」

「いいから、早く見せて」

やや強い口調で命じると、慎一は唇を嚙みしめ、両手を股間にゆっくり伸ばした。

海パンの紐がほどかれ、指先がウエストに添えられる。

小学生のおチ×チンではなく、青年の男性器を初めて目《ま》の当たりにするのだ。

心臓が早鐘を打ち、性的な好奇心が夏空の雲のように膨らんだ。

「み、見せるよ」

「うんっ」

「昨日のことはもちろん、見せたことも内緒だからね」

「わかってる！」

身を屈めて待ち構えるなか、ボーダー柄の布地がためらいがちに下ろされ、黒々とした恥毛が目に飛びこんだ。

（あと、もうちょっと……）

胸がざわついた直後、生白いペニスが現れ、反射的に腰を落とす。顔を近づけて見据えるも、男の分身は昨夜と打って変わって縮こまっていた。

「昨日は、もっと大きかったはずだけど。それに、皮も被ってなかったような……どうして？」

「あ、今は普通の状態で、いつも大きいわけじゃないんだ。ぼくのは仮性包茎といってね、勃起すると剝けてくるんだ」

「勃起？」

「チ×チンが膨張することだよ」

「ふうん……おっきくしてみせて」

「えっ⁉」

「小さいままじゃ、つまらないもん。ゴシゴシしごいて、先っぽから白いオシッコ出してたよね？」

「あわわわっ！」

慎一は奇声を発してたじろぐも、小さなペニスを観察したところで面白くない。逞《たくま》しい昂りと迫力ある射精シーンを、間近で目にしたいのだ。

「あたし、言ったよね？　部屋でしてたこと、やってみせてって」

「……うん」

「早く大きくさせて」

「……あ」

指先で先端を軽くつついた瞬間、腰がひくつき、ペニスがみるみる体積を増した。

「やぁン、ちょっと触っただけなのに、おっきくなった」

やがて包皮が雁でくるりと反転し、茜色の宝冠部が全貌を現す。亀頭が天を睨みつけ、胴体にはミミズをのたくらせたような静脈が無数に浮きでた。

「す、すごい……こんなふうになっちゃうんだ」

「あ、あ、あ……」

「昨日出してたの、精子でしょ？」

「えっ⁉」

「ちゃんと保健体育で習ったんだから……でも、やっぱりハヤトくんのとは全然違うんだね」

「え、えええぇえっ⁉」

「あぁン、コチコチ、鉄の棒みたい」

「くふぅ」

指先を裏茎に這わせ、雁首をツツッとなぞれば、頭上からさも気持ちよさげな吐息が洩れ聞こえる。

同時にふたつの肉玉が吊りあがり、張りつめた先端は今にもはち切れそうだ。

「なんか……痛そう。縫い目みたいなところ、切れちゃいそうだよ」

「はあはあっ、はあ、ふうっ、あっ、くっ！」

「あぁン、指が回らないよぉ」

今度は胴体を軽く握りしめると、慎一は内股ぎみから腰を引き、両足をぷるぷる震わせた。

ペニスに刺激を与えれば屹立するのは、過去の経験から学んでいる。

それでも、小学生男子の生白いキノコのような性器とは比較にならない。長さも太さも桁《けた》違いで、英里香は圧倒的な威容《いよう》を誇る男根に息を呑むばかりだった。

「昨日、おチ×チンをシコシコしてたよね？　この切れ目からたくさんの精子出してたの、ちゃんと見たんだから」

「はふっ、はふっ、そんなに触ったら……はふぅ」

ハヤトはまだ精通を迎えていなかったのか、勃起はしても、射精はしなかった。

生命の源《みなもと》を排出する衝撃的なシーンを、もう一度だけ目に焼きつけておきたい。

鈴口に指をすべらせると、透明な粘液が絡みつき、生臭いにおいが鼻先を掠めた。

「やぁン……何、これ」

「き、き、気持ちいいと……自然に出てくるものなんだ」

「愛液？」

「あ、ああ、そ、それと同じみたいなものだよ」

「男の人も、愛液を出すんだ……あぁン、どんどん溢れてくる」

「くおぉぉぉっ」

前触れの液が粘った糸を引き、慎一がよがり声をあげて腰をくねらせる。

狂おしげな顔を仰ぎ見た瞬間、身体の中心部がキュンと疼いた。

（やぁぁ……濡れてきちゃった）

股の付け根がムズムズしだし、体内から熱い潤みが噴きこぼれていく。

おそらく慎一も同じ状態なのだろう、顔はいつの間にか愉悦にまみれ、すっかり充血した怒張がビンビンといなないた。

このまま握っているだけでも、射精してしまうのではないか。

（こんな近い距離でいきなり出されたら、顔にかかっちゃうかも）

やはり最初の予定どおり、自分の手でしごかせ、放出シーンをたっぷり堪能したほうがよさそうだ。

英里香は肉筒から手を離し、腰を上げざまピタリと寄り添った。

「今度は、出してみせて」

「あ、あの、その前に……ハヤトくんて、誰?」

「クラスメートだった男の子。彼氏だったけど、一週間前に内地に引っ越しちゃったんだ」

「か、彼氏⁉」

「そんなに驚くことないじゃん」

「そ、そのハヤトくんのと全然違うって言ってたけど、どういう意味……」

「いいから、早く!」

意味のない会話をしている時間はない。

胸を躍らせながら命令すると、慎一はペニスを握りしめ、ゆったりしたスライドを開始した。

包皮が蛇腹《じゃばら》のごとく往復し、鈴口から粘液がつららのように滴り落ちる。

目をきらめかせたとたん、体温が急上昇し、英里香もいつしか熱い吐息をこぼしていた。

4

(あぁ、嘘だろ……まさか、小学生の女の子にオナニーを見せつけるなんて)

突拍子もない状況に脳漿が沸騰し、全身の血が逆流する。

昨夜の痴態を、英里香に覗かれていたとは思ってもいなかった。

母親のショーツを鼻に押しあて、欲望を剝きだしにしたのだから、嫌われたとしても当たり前のことだ。

今朝から不機嫌だったのは理解できたが、なぜ一転して破廉恥な要求をしてきたのか。訳がわからずに疑問符が頭の中を駆け巡るも、凄《すさ》まじい昂奮が腹の底から突きあげ、今は杏子に恋人がいたショックも吹き飛んでいた。

ペニスをゆっくりしごいただけでも、快感の乱気流に巻きこまれ、青筋が派手な脈動を繰り返す。

英里香は真横に張りつき、いきり勃つ剛直に熱い眼差しを注いだ。

(い、いやらしい……エッチすぎるよぉ)

少女に視線を向ければ、すべすべの頰と首筋に色めき立つ。

アーモンド形の目、小さな鼻、サクランボのような唇。彼女もまた、姉に引けを取らない美少女なのだ。

(あぁ……かわいい、かわいいよ)

よく見れば、バストの膨らみも申し分なく、女としての魅力を十分放っている。

そして英里香を性の対象として決定づけたのは、ハヤトという男子の存在だった。

(彼氏って言ってたよな。俺のチ×ポを見て、その子のモノと全然違うとも……)

最近になってから目にしたとしか思えず、小学生の男女がいったいどんな関係を築いていたのか。

キスはしたのか、いや……性器を目にしたなら、その程度で済んだとは思えない。

(あそこを見せ合って、弄りまわしたとか……まさか、最後までイッてないよな！)

小学生が大人の関係を結んでいるとは考えたくないが、英里香は無邪気で活発な性格だけに一抹《いちまつ》の不安を感じてしまう。

しかもこの年頃は、女の子のほうが圧倒的にませているのだ。

(もし、処女じゃないなら……)

仮に手を出したとしても、罪の意識は薄れるし、泣きじゃくる可能性も低いのではないか。

身勝手な性衝動が脳裏を埋め尽くし、牡の肉がことさら反り勃った。

「なんか、また大きくなったみたい……先っぽも真っ赤になってる」

英里香は身を屈め、らんらんとした目で自慰行為を凝視《ぎょうし》する。

好奇心はもちろん、ペニスへの興味も人一倍あるらしい。

小振りなヒップが視界に入るや、心臓がバクンと大きな音を立てた。

スクール水着が極限まで食いこみ、臀裂の下方からふっくらした楕円形の膨らみが覗く。

（お、おおっ、おいしそう！）

ハヤトとやらは可憐な尻肉を割り開き、幼いペニスをぶちこんだのかもしれない。

英里香の喘ぐ顔を思い浮かべたとたん、理性のタガが吹き飛び、睾丸の中のザーメンがうねりくねった。

（くおおっ、や、やばい）

抽送のピッチを緩め、片方の手をまろやかそうなヒップに伸ばす。そっと這わせてみたが、彼女は反応せず、全神経を怒張に向けているようだ。

（はあはあ、このまま手をずらして……）

ゆっくり手を動かし、恥丘の膨らみに指をすべらせた刹那、慎一は目を剝いた。

（あ、あっ）

布地を通して指先に絡みつく粘液は、愛液ではないのか。

少女は自慰行為を観察するあいだ、あそこを愛蜜で濡らしていたのだ。

「あ、やっ、慎ちゃん、何するの、やらしっ！」

「はっはっ、え、英里香ちゃん！」

さすがに驚いて飛びのく少女に抱きつき、岩肌に押しつける。そして唇を重ね、下腹部のいたいけな膨らみを撫でつけた。

「ン、んうぅっ」

狂おしげな表情、くぐもった喘ぎ声に生殖本能が駆り立てられる。

（か、かわいいっ！　英里香ちゃんが、こんなにかわいかったなんて！）

プリプリの唇を貪り、なめらかな歯列を舌先でたどる。

甘い吐息を胸いっぱいに吸いこみ、薄い舌を搦め捕っては唾液を啜りあげる。

（女子小学生のおマ×コ、ふにふにしてて柔らかいぞっ！）

ふっくらした恥丘の感触を心ゆくまで堪能したあと、慎一は股布の脇から指を忍ばせた。

「……ンっ⁉」

にちゃっという音に続き、美少女が眉間に縦皺を刻む。

かまわず指をスライドさせれば、割れ目から淫蜜がしとどに溢れ、あえかな腰がピクピクと痙攣した。

美玖のぬめりよりも濃密で、やはり男を知っているとしか思えない。やがて指先が小さな尖りをとらえ、性のパワーがフルチャージされた。

「ンっ！　ンっ！　ンぅぅっ！」

この年頃の少女なら、クリトリスがいちばん感じるはずで、指先をそよがせて愛のベルを掻き鳴らす。彼女は腕を摑んできたが、力はそれほど込められておらず、代わりに爪が皮膚に食いこんだ。

痛いなどとは言っていられない。

ブレーキの壊れた暴走機関車さながら、歯止めがきかない少年はさらなる蛮行《ばんこう》に打って出た。

唇をほどき、すかさず腰を下ろして水着の船底をずらす。

（お、おおおっ、英里香ちゃんのおマ×コ！）

苛烈な指技が功を奏したのか、簡素な縦筋は多量の愛蜜でぬかるんでいた。

ピンク色の小陰唇は誇らしげに艶めき、まるで朝露《あさつゆ》に濡れた花びらのようだ。

純白の大陰唇は焼けた肌とのギャップをより際立たせ、生々しい膨らみに不埒《ふらち》な思いが怒濤《どとう》のごとく迫りあがる。

秘裂の上方から覗く肉粒は包皮が完全に剝きあがり、これまた可憐で愛らしい。しかも、恥毛が一本も生えていないではないか。

(パ、パイパンだぁっ!!)

背徳的な気分がプラスされ、慎一は一匹の野獣と化した。

パブロフの犬とばかりに秘園に吸いつき、高速ペロペロでスリットを舐めたてる。

「あ、やっ、やぁぁぁン」

英里香は拒絶の反応を示すも、声音は明らかに甘い余韻《よいん》を含んでいた。

海水浴をしていたせいか、塩気は強烈だが、やがてアンズにも似た味覚が舌の上に粘りつく。

続いて生ぬるい潮の香りが鼻から抜け、躍起《やっき》になった慎一は陰唇を押し広げてから内粘膜に舌を這わせた。

(はふぅ……小学生のおマ×コもおいしい、おいしいぞっ!)

ペニスは強ばりすぎ、今や感覚を失っている。

射精欲求はボーダーラインにとどまったまま、少年は桃色の弾丸に狙いを定め、唇

んだ。

じゅっぱじゅっぱと音を立てて啜れば、両足に力が込められ、小さな手が頭を鷲掴
柳腰が前後に震え、か細い声が耳朶を打つ。

「ひぃ……ンっ」

を窄めて吸いついた。

十一歳といえども、それなりの快感は得ているのだろう。愛液の湧出は止まらず、
今や口の中はベトベトの状態だ。
ここまで来た以上、中途半端にやめられない。
巨大な快感を吹きこみ、淫らな秘密を共有しなければ……。
硬くしこった小突起を上下左右にいらうと、内腿の柔肉がひくつき、頭上から切羽
詰まった声が洩れ聞こえた。
「あ、あ……イクっ……イクぅぅっ」
小さくて聞き取れなかったが、確かに「イクっ」と言った気がする。
ここぞとばかりに吸引力を上げ、性感ポイントに多大な刺激を与えれば、腰がエン
ストした車のようにわななないた。
「あぁ、や、やぁあぁぁっ」

「ぷふぁっ」

花園から口を離したとたん、英里香の膝が折れ、その場にしゃがみこむ。

顔は首筋まで朱色に染まり、目の焦点《しょうてん》がまるで合っていない。絶頂に達したのか、愉悦に身を委ねているとしか思えなかった。

(イカせた？　ホントにイカせたのか？)

小学生の少女を性の頂に導き、しばし満足感に浸るも、股ぐらの凶器は臨戦《りんせん》態勢を整えたままだ。

(や、やるのか？　英里香ちゃん相手に……)

美玖よりも狭い膣口に、張りつめた宝冠部が入るのか。

現実的な問題に直面し、ためらいが生じた瞬間、英里香は顔を上げて熱っぽい眼差しを向けた。

「慎ちゃんの……エッチ」

「あ、あ……」

「信じられない……こんなひどいことするなんて」

快感の名残《なごり》が徐々に失せてきたのか、今度は甘く睨みつける。とたんに恐怖心に見舞われ、慎一は情けなくも必死の弁明《べんめい》に走った。

「英里香ちゃんが、かわいいからだよ」

「ママのことが好きなくせに」

「違う！　ホントは、英里香ちゃんのことが好きなんだ」

いったい何を言いだすのか、自分でも理解できない。

子供の頃から杏子に憧れつづけてきたのに、美玖に手を出したばかりか、妹とも破廉恥な行為に及んでしまった。

最低な男だという自覚はもちろん、とんでもない事態を招きそうな不安もあるが、英里香の魅力に気づいてしまったのも事実なのだ。

「はあ？」

さすがに少女は呆気に取られ、蔑《さげす》みの視線を向ける。

「最初はね、英里香ちゃんのパンティが目当てだったんだ。でも、さすがに気が引けちゃって……」

「それで、代わりにママの下着を盗んだってこと？」

「そう！　そうなんだ！　大人の女性なら、まだ許されるかなと思って」

「許せるわけないでしょ……変態」

「違う！　変態じゃない、男はみんな、そういう生き物！　パンティには、男のロマンがたっぷり詰まってるんだ!!」

身勝手な屁理屈を振りまき、抱きついて首筋に唇を這わせれば、英里香は甘ったるい声を放った。

「やっ……あぁぁン」

快感のほむらは、いまだに燻りつづけているのかもしれない。

デリケートゾーンに指を伸ばし、若芽を爪弾けば、淫液がくちゅくちゅと淫らな音を奏《かな》でた。

「ンっ、ふっ!」

少女はまたもや目を潤ませ、首筋から甘酸っぱいフェロモンを放つ。

セックスでさらなる肉悦を与えるのは、さすがに無理があるか。

(で、でも……やりたい……ああ、俺って、ホントに最低な男だ)

自覚したところで、荒れ狂う性欲の嵐には逆らえないのだ。

岩場だらけの洞窟内では、寝そべって事を済ますわけにはいかない。

(立って……するしかないか)

抱きかかえて腰を上げれば、亀頭の先端が少女の腹部をコツンとつつく。とたんに指が肉胴に絡みつき、快感の火柱が背筋を走り抜けた。

「く、くふぅぅっ」

「すごい、まだおっきいままだよ……なんか、赤黒くなってる」

「こ、昂奮しすぎて、鬱血《うっけつ》してるんだ……せ、精子を出さないと……元に戻らないんだよ。あ、ううっ、そんなに弄りまわしたら……むむっ」

英里香は目を輝かせ、好奇心いっぱいの表情でペニスに指先を戯《たわむ》れさせる。そして体位を入れ替え、お返しとばかりに慎一を岩壁に押しつけた。

そのまま腰を落としたため、肉槍の穂先が少女の眼前《がんぜん》に突きつけられる。

「あ、な、何を……おっ」

驚きと期待感に身を震わせた瞬間、舌先が鈴口をペロンと舐めあげた。

我慢汁が舌とのあいだで透明な糸を引き、少女がすかさず眉根を寄せる。

「あぁン……苦くて、しょっぱいよぉ」

「はあはあ」

ぷるんとした唇が怒張の横べりにあてがわれ、チュッチュッとキスされると、全身の細胞が歓喜の渦に巻きこまれた。

続いて亀頭が口に含まれ、口腔粘膜と舌で軽く揉み転がされる。

(マ、マジかよ!)

フェラチオも男のロマンであり、ペニスを咥えこむ女性の容貌を思い浮かべては何度放出したことだろう。

初めての相手が杏子や美玖ではなく、英里香だとは想像もしていなかった。

峻烈な刺激に快感が上昇のベクトルを描き、本能が理性を駆逐《くちく》する。

それにしても、十一歳の少女にフェラの知識があるとは驚きだった。

やはり英里香は、すでに彼氏と最後の一線を越えているのかもしれない。

小学生との性交が俄然《がぜん》現実味を帯び、目つきが猛禽《もうきん》類のごとく鋭さを増す。

瞬きもせずに眼下の光景を凝視する最中、少女は小さな口を目いっぱい開け、しなる陽根をズズッと招き入れた。

「あ、お、おぉぉっ」

唇のいちばん柔らかい裏側が胴体をすべり落ち、ねっとりした心地いい感触がペニスを包みこむ。

高揚感に満たされたのも束の間、英里香は中途まで呑みこんだところで動きを止め、すぐさま剛直を吐きだした。

「あぁン、おっきい……お口が裂けちゃいそう」

涎《よだれ》の雫がこぼれ落ち、捲れあがった唇が猛烈な淫情を催《もよお》させる。

（はあはあ、や、やるんだ）

華奢《きゃしゃ》な肩に手を伸ばした刹那、少女はまたもやペニスを咥えこみ、ぐっぽぐっぽとしゃぶりたおした。

「あ、おっ、ぬっ、ぐふっ」

浅いストロークではあるが、ふんわりした唇が雁首を何度もこすりあげ、亀頭冠が小さな口の中で舐めまわされる。

テクニックとしては、稚拙《ちせつ》なのかもしれない。それでも初めての口唇奉仕は交感神経を苛烈に刺激し、性感がいやが上にも研ぎ澄まされた。

（あ、やばい、やばい……こんなに激しくされたら……ぐふぅ）

英里香は目を閉じ、小鼻を膨らませて顔を打ち振る。

伸ばした手は空にとどまったまま、滾る白濁の溶岩流が射出口に集中した。

「ンっ、ンっ、ンっ」

「あ、あっ」

射精間近を訴えたくても、あまりの気持ちよさに言葉が出ない。

（も、もう……）

慎一は腰をぶるっと震わせたあと、黒目をひっくり返してリビドーを解放した。

「ンッ!!」

熱いしぶきが体外に排出され、英里香が苦悶の表情で呻く。怒張を口から抜き取り、激しく噎《む》せる彼女の前で、ペニスはなおも脈動を続けた。

「けほっ、けほっ……あっ」

「むうぅぅっ」

野太い声を放ったあと、二発目のザーメンがびゅるんと迸る。

「あンっ!?」

猛々《たけだけ》しい吐精は肉胴がいななくたびに繰り返され、あどけない容貌を乳白色に染めていった。

(あ、ああ……き、気持ちいい……気持ちよすぎる)

身も心も蕩けそうな快美に惚《ほう》け、甘美な余韻が手足の先まで波及《はきゅう》する。

切ない痺《しび》れが徐々に薄らいでいくと、慎一はようやく我に返り、とてつもない現実に恐れおののいた。

生命の源は前髪まで飛んだばかりか、鼻筋に左のまぶた、頬や唇にもへばりつき、顎を伝って滴り落ちる。

一発目は口の中に出してしまい、よほど不快なのか、少女は口唇の狭間からこれまた濃厚なエキスをどろっと吐きだした。

「ンっ、ンうっ」

「あぁ……ご、ごめん」

「顔が熱いよぉ」

昨夜は二回射精しているのに、よくぞこれほどの量を放出したものだ。

もはや、男女の関係を望む状況ではない。

慎一は己《おのれ》の情けなさを痛感《つうかん》しつつ、ピクリとも動かぬ美少女を呆然と見下ろすばかりだった。

第四章　ナマイキ娘の処女貫通

1

四月三日、月曜日。

杏子が旅行に出かけたあと、慎一は一人、浜辺で肌を焼いていた。

恋人がいる事実を聞かされたときはショックだったが、今となっては割り切れた気持ちもある。

いや、現状を考えれば、杏子に未練を残している余裕などあろうはずもなかった。

美玖とは半ば男女の関係を結び、来島してからは積極的に迫られている。

英里香には成り行きで好きだと告白してしまい、獣じみた淫情を顔面シャワーで発散してしまったのだ。

（ああ……俺のバカ）

汚液は海水で洗い流させ、口止めしてから洞窟をあとにしたものの、告げ口されるのではないかとハラハラのしどうしだった。

天真爛漫な少女は何事もなかったかのように振る舞い、不安が杞憂《きゆう》に終わったときはどれだけホッとしたことか。

（それにしても、洞窟内の出来事は……衝撃的だったよな）

互いの恥部を弄りまわし、クンニから初フェラチオに顔射と、十一歳の少女に欲望の限りを尽くしたのである。

これで情交してしまったら、悪魔以外の何ものでもない。

（よかったんだよな、あそこで止まって。でも……）

英里香がボーイフレンドとどこまで経験しているのか、やはり気になる。

彼女の対応を思い返せば、非処女という可能性は捨てきれないのだ。

自分が十一歳のとき、異性との性的な接点は遠い未来の夢だったのだが……。

何にしても、眼中になかった英里香の存在がここに来て急浮上した。

来島する前、杏子への思いは八割を占めていたが、今は一割まで減少し、残りの九割は美人姉妹で半分ずつといったところか。

(杏子さんが帰ってくるのは、明後日の水曜か……美玖ちゃんからアプローチがあるとすれば、今夜あたりだよな……待てよ！　英里香ちゃんに迫られる可能性だってあるじゃないか!!)

どう対処したらいいのか、慎一は身を起こし、困惑《こんわく》顔で唸った。

(それにしても……あの二人、やけに遅いな。何やってんだろ？)

肩越しに様子を探れば、自宅の玄関口から美玖と英里香が姿を現す。

「あれ？」

今日は昨日と違い、なぜかTシャツとハーフパンツを身に着けていた。

もしかすると、ビキニ姿を披露してくれるのかもしれない。

(ひょっとして……英里香ちゃんも？)

洞窟内ではスクール水着を脱がすことはできず、刺激的な体験の連続で日焼け跡を確認する気はさらさら起きなかった。

性本能が懲《こ》りずにぶり返し、期待に満ちた目を向ける。

「ごめぇん、着替えに手間取っちゃって」

美玖がにこやかな顔で声がけしてくると、英里香は海を見つめ、両手を上げて伸びをした。

「うーん、今日もいい天気！　絶好の海水浴日和だね」

姉妹の様子を目にした限り、口止めの約束は守られているらしい。

「慎ちゃんも、そう思わない？」

「え？　あ、うん、そうだね」

「さっそく、泳ごうかな」

小悪魔な妹はTシャツを頭から抜き取り、全神経が彼女の肉体に集中した。

ビビットイエローのトップが目に入り、瞳孔《どうこう》が一瞬にして開く。

（あ、あっ）

三角布地が乳丘にぴったり張りつき、胸の谷間とともにふるんと揺れる蒼《あお》い果実が股間を直撃した。

（お、思ったより……胸があるんだな）

やはり発育がいいのか、早熟なのも納得できるというものだ。

続いてパンツが下ろされ、今度はトップと同色のボトムに目が奪われた。

布地面積は小さくないが、小学生なら当然のことか。それでもハイレグぎみの切れこみが鼠蹊《そけい》部にぴっちり食いこみ、健康的なお色気を存分に放つ。

英里香へのエロポイントがグンと上昇したとたん、今度は真横に立つ美久がTシャツの裾に手を添えた。

（おっ……次は美玖ちゃんだ）

純白の布地が引きあげられ、心臓がドクンと鼓動を打つ。

深紅のトップは明らかに紐ビキニで、布地面積が異様なほど小さく、乳房の三分の二がはっきり見て取れた。

（な、な、何ぃぃぃぃっ⁉）

続いてパンツが下ろされるや、鼻息を荒らげて下腹部を凝視する。

こちらもサイドが紐状で、逆三角形の股布が大切な箇所を隠しているだけの過激さだった。

（お、ああっ！）

おとなしい控えめな少女が、こんなに大胆な水着を着て現れようとは……。

悩ましいのはビキニだけではない。

布地の脇から焼けていない肌が露出し、小麦色と生白さの対比が生々しいほどのエロスを演出するのだ。

美玖への淫情が沸々と滾り、英里香のエロポイントを一瞬にして抜き去った。

「な、何よ、お姉ちゃん、そのビキニ……そんなの持ってたの？」

「そうよ、ママに怒られたから、しまいこんでたの。こんなときにしか着られないじゃない」

英里香も知らされていなかったらしく、呆気に取られた顔をしている。やがて目尻を吊りあげ、頬をぷくっと膨らませた。

ライバル意識剝きだしの表情に、理屈抜きで胸がざわつく。

洞窟内の一件から妹との距離が縮まったのは事実で、あからさまな態度こそなかったものの、会話をする機会が一気に増えた。

ボーイフレンドが引っ越した寂しさから、そばにいる異性に恋愛感情を向けたのかもしれない。

（こ、この調子だと……やっぱり、英里香ちゃんからのアプローチがあるかも）

帰京する日まで、今日を入れて、あと四日。

いったい、どんな事態が待ち受けているのか。

大きな不安が津波のように押し寄せ、慎一は思わず背筋をゾクリとさせた。

2

「慎ちゃんてさ、海に入らないで日光浴ばかりしてるよね」

ボディボードに乗った英里香が、浜辺に目を向けて呟《つぶや》く。

美玖は真横で立ち泳ぎしつつ、小さく笑った。

「泳げないんだもん、しょうがないよ。子供の頃、溺れたことがあって、それで水が怖くなったんだって」

「ふうん、そうなんだ……慎ちゃんのこと、よく知ってるんだね」

「そりゃ、いっしょにいる時間があんたより長かったんだから、当たり前でしょ」

「そうかぁ、引っ越したとき、あたし、まだ七つだったから、慎ちゃんとの記憶はうっすらとしか残ってないんだよね……ぷっ」

「何がおかしいの?」

「だって、慎ちゃん、大股を開いて寝てるんだもん」

視線を振って確認すれば、確かにこれ以上ないというほどおっぴろげている。股間をほぼ真正面から捉え、中心部が山のように盛りあがっていた。

「やぁン、なんかエッチな夢でも見てるのかも」

「こら！」

キッと睨みつけ、頬をつねりあげる。

「いたっ！　ちょっと、何すんの？」

「ませすぎだよ、子供のくせに」

「子供じゃないもん。あたしだって、それなりの経験はあるんだから」

「……え？」

妹とは何でも話す間柄だが、まったくもって初耳だった。

胸が妖しくざわつき、眉をひそめて問いかける。

「経験って、どういう意味よ」

「言葉どおりだよ。ファーストキスだって、もう済ませてるんだから」

「ええっ⁉　あ、相手は誰なの⁉」

「ハヤトくん」

「ハ、ハヤトって、先週、内地に引っ越した子？」

「そっ」

英里香は得意げに答え、遠くを見つめてうっとりした。

幼稚園の頃、慎一と唇に触れただけのキスを思いだす。おそらく、同じようなものなのではないか。

「い、いつしたの？　挨拶程度の軽いやつだよね⁉」

「ひと月ぐらい前かな、もちろん大人のキスだよ」

美玖でさえ、ディープキスは二週間前に経験したばかりなのだ。

早熟だとは思っていたが、姉よりも早く大人の階段を昇っていたとは……。

先を越されたという思いが、女の嫉妬を燃えあがらせた。

「まさか、キス以上のことは……」

「ふふっ……ひ・み・つ」

英里香は意味深な笑みを浮かべ、小生意気な態度にカチンとする。

彼女の態度から察するに、キス以上の行為に及んでいるのかもしれない。

（もしかすると、すでにエッチも……）

ふだんは能天気な行動や言動が多いのに、やることはしっかりやっており、しかも重大な出来事まで隠していたのだ。

「ちょっと！　教えなさいよ！」

「やぁン、揺らさないで！　ボードから落ちちゃうよ」

「なんで言わないのよ！」

「お姉ちゃんだって、キスぐらいしてるんでしょ？」

「……え？」

「あたしより、ふたつも年上なんだから」

「そ、それは……」

慎一の面影が頭に浮かび、頬を染めると、英里香は興味津々《しんしん》の顔つきに変わった。

「ねっ、相手は誰なの？」

「そんなの……言えるわけ……ないでしょ」

「あたしだって同じ、言いたくないことはあるもん」

正論で返され、悔しげに唇を嚙む。

いっそのこと、慎一との関係を話してしまおうか。そう考えたものの、相手はイトコだけに、まだ時期尚早《しょうそう》という気がする。

それだけでなく、彼が杏子に恋しているのではないかという英里香の疑念《ぎねん》がいまだに尾を引いているのだ。

「ねえ？」

「……ん？」

「昨日、言ってたこと、ホントなの？」

「何が？」

「慎ちゃんがママのこと、叔母としか見てないって言ってたって……」

「そうだよ、どうして同じこと聞くの？」

怪訝な視線を向けられ、美玖は慌てて言い繕《つくろ》った。

「きゅ、急に気になって……第一、あんた、どうして怪しいと思ったのよ」

「だから、それはなんとなく、そう感じたって言ったじゃない」

「私は、全然気づかなかったわよ。何か、決定的なものでも見たんじゃない？」

的を射たのか、英里香は左の口元をピクッと震わせる。

子供の頃から変わらない、嘘をついたときや後ろめたい気持ちがあるときに見せる癖だ。

「何か……隠してるでしょ？」

ストレートに問いかけると、彼女はとぼけた表情で視線を逸らした。

「そんなことないもん」

「だって……」

「はい、この話はもうおしまい！　あぁ、昨日は夜更《よふ》かししたから、眠くなってきちやった。あたしも日光浴しよっと」

英里香はパドル代わりに手で水を掻き、浜辺に戻っていく。

(やっぱり……おかしいわ)

昨日、彼女が慎一を連れだしたあと、いてもたってもいられず、三十分ほど経ってから家を飛びだすと、彼らはビーチで談笑していた。

二人のあいだで、いったいどんな話がされたのだろう。

得体の知れない不安が影のように忍び寄り、美玖の心は今にも押しつぶされそうだった。

3

「う、ううん」

肩に奇妙な感触を受けた慎一は、目をうっすら開けて周囲を見まわした。

となりのチェアに寝そべる英里香が視界に入り、眠っているのか、軽い寝息が聞こえてくる。

斜め上方に視線を振ると、美玖が指先で肩をつついていた。

「……あ」

「しっ」

すぐさま身を起こせば、彼女は人差し指を口に当てて沈黙を促す。

「家に来て」

とりあえずは頷いたものの、いつもと違う真剣な表情はすぐに気づいた。

「今……何時？」

「二時半」

囁き声で会話するなか、美玖の視線が海パンの中心に向けられる。股間は大きなテントを張っており、慎一は恥ずかしげに手で隠してから腰を上げた。

朝勃ちならぬ、昼勃ちか。

性欲は自分の意思とは無関係にスイッチが入ってしまうのだから、自分でも本当にいやになる。

美玖が自宅に向かうと、慎一は前屈みの体勢であとに続いた。

（でも、どうしたんだろ？　やけに真面目な顔して。考えられるとすれば……）

英里香から、何かしらの情報を聞きつけたとしか思えない。

洞窟内の痴戯がばれたのか、それとも杏子のショーツを盗んだほうか。

午前中は、いつもと変わらぬ様子だったのに……。

(俺が眠ってるときか……あぁ、しまった、目を光らせておくべきだった)

後悔の念が押し寄せるも、今となってはもう遅い。

緊張の面持ちをした瞬間、前を歩く少女のヒップに目がとまった。

フルバックの布地とはいえ、半分ほど露出した尻肉がふるふると左右に揺れる。

まろやかな生白い肌が目をスパークさせ、ペニスは瞬く間にフル勃起した。

(バ、バカ、昂奮してる場合じゃないぞ！　あぁ、で、でも……)

ババロアを思わせる揺れ具合に牡の本能が衝き動かされ、すぐにでもしゃぶりつきたくなる。

喉をゴクンと鳴らすも、慎一は無理にでも自制心を働かせた。

美玖は玄関口には向かわず、縁側を通りすぎ、リビング方向に歩を進める。そして大きな窓を開け、無言のまま室内に促した。

ビーチサンダルを脱いでリビングにあがれば、彼女はすぐさま窓とカーテンを閉める。重苦しい雰囲気が漂い、慎一は早くも悪い予感におののいた。

「ははっ、どうしたの？　なんか、話でもあるの？」

作り笑いして問いかけると、美玖はニコリともせずに間合いを詰める。思わず怯んだところで、ようやくバラのつぼみにも似た唇を開いた。

「慎ちゃん、ママのこと……好きなの？」

「へ？」

てっきり英里香との一件か、ショーツを盗みだしたことだと思ったのだが、どうやら違うらしい。

ホッとする一方、慎一は気を抜かずに穏やかな口調で答えた。

「英里香ちゃんにも、同じこと聞かれたんだけど……」

「あたしも昨日、あの子から聞いたわ。そう感じることがあって、慎ちゃんに確かめてみるって」

なるほど、英里香に連れだされる前、すでに二人のあいだで話が通っていたのだ。

昼食の最中、美玖が妙に静かだったのも頷ける。

「杏子さんは俺の叔母さんだし、もちろん好きだよ。でも……」

「うん、聞いた。それ以上の気持ちはないって」

「……そう」

約束どおり、英里香は真相を告げなかったらしい。

(よかった……どうなることかと思ったけど)

ホッとしたのも束の間、美玖はみるみる目を吊りあげた。

「でもね……どうにも様子がおかしいから、さっき聞いてみたの」

「え、な、何を？」

「何か、隠してるでしょって。あの子、昔から嘘つくと、顔に現れるんだよね」

「そ、それで？」

「とうとう白状したわ」

十三歳の少女が鎌をかけてきたとは露知らず、パニック状態に陥る。

みっともないほどうろたえ、返す声が完全に上ずった。

「そ、そんな……」

「全部、聞いたんだから」

「ホ、ホントに？　ぜ、全部？」

口をぱくぱく開ければ、美玖は打って変わってにっこり笑う。

「やっぱり、何かあったんだ？」

「……あっ⁉」

まんまと策略《さくりやく》にはまったことに気づき、いやでも身が凍りついた。

「正直に話して。ママのこと、どう思ってるの？　あの子は何を見たの？」

「あ、あ……」

恐怖心から後ずさりしたものの、美少女はまたもや尖った視線を向けながら身を近づける。

答えたくても、答えられるわけがない。

ひたすら黙していると、右手が宙を翻《ひるがえ》り、パチンという音に続いて左頰に疼痛《とうつう》が走った。

「……あっ！」

まさか、おとなしくて控えめな美玖にビンタされるとは……。

頰を手で押さえ、おっかなびっくりの顔をしても、彼女は追及の手を緩めない。

「話して！」

「ひっ」

「どうしても言わないなら、英里香に直接聞くから！」

「ちょっ……待ってよ……わかった、しょ、正直に話すよ。だから、暴力だけは勘弁《かんべん》して」

よくよく考えれば、美玖は子供の頃から芯の強い一面があった。

まじめすぎると言ってしまえばそれまでだが、一途な性格だけに、裏切られたという気持ちをより強く感じるのかもしれない。

(あぁ、美玖ちゃんとは……もう終わりだ)

慎一は泣き顔で俯《うつむ》き、杏子が初恋の人だったこと、彼女への思いを捨てきれず、いまだに恋心を抱いていた心情をとつとつと告げた。

「そうだったんだ……ママ、もてるもんね。まさか、慎ちゃんまでメロメロにしてたなんて」

美少女は寂しげに笑い、罪の意識に胸が軋む。美玖のほうから迫られたとはいえ、手を出してしまったのは紛れもない事実なのだ。

「で、でもね、杏子さんに恋人がいることを英里香ちゃんから聞いて、ようやく吹っ切れたんだよ! 冷静になれば、歳だって二十近く離れてるし、どうにもならないことだもの」

「そうだよ……釣り合いなんか取れないよ」

「え? あ、うん、俺もそう思ったんだ。今となっては、単なる子供じみた憧れにしかすぎなかったんだなって。美玖ちゃんみたいな、ものすごい美人でかわいい子がそばにいるのに、ホントにバカだったたって反省してるんだよ」

顔面汗だくでフォローに走った刹那、彼女は上目遣いにねめつけた。

「……で？」

「へ？」

「英里香は、どうして確信を得たの？　何か、見たんだよね？」

「あわわ」

「あわわ、じゃないでしょ。ちゃんと答えて。あたし、嘘つかれるのがいちばんいやなんだから」

急所を突かれ、いよいよ窮地《きゅうち》に追いこまれる。真実を話したくとも、美玖には潔癖《けっぺき》症の気があるため、なかなか踏ん切りがつかない。

「話して！」

怒気《どき》を孕《はら》んだ声で迫られ、もはや覚悟を決めるしかなかった。

（もう……完全に嫌われても、仕方ないか）

残る隠し事は、ショーツを盗んだ件だけではないのである。

英里香と淫らな行為に耽った事実は、絶対に知られてはならない。

自分の浅はかな行為が原因で、姉妹の仲を切り裂くことになれば、後悔してもしきれないのだ。

慎一は軽く深呼吸したあと、震える唇を開いた。

「あ、あの……」

「何？」

「もう……殴らない？」

「ふうん……殴られるようなことしたんだ？」

「い、いや、そうじゃなくて、今の美玖ちゃんは怒りの沸点が低いからさ……カッとなって、また手が出るんじゃないかと思って」

自覚があるのか、美玖も小さな息を吐き、意識的に落ち着いた口調で答える。

「わかった、約束する……もう暴力は振るわないって」

「うん……で、どうして英里香ちゃんが確信を得たかというと……あのですね、その、つまり……見られちゃったんだ」

「だから、何を見たの？」

「きょ、杏子さんの……」

「ママの、何？」

「パ、パ、パ……パンティを……盗んだとこ」

彼女にとっては、よほど想定外の返答だったのだろう。鳩が豆鉄砲を食ったような顔をし、慎一は激しい羞恥に身が裂けそうだった。

「マ、ママの下着を？」

「そ、そうなんです……なんか、急にムラムラして寝られなくて、それで……脱衣場に忍びこんで……」

「洗濯機の中から、持ってったの⁉」

「は、はい」

肩を窄めて答えたとたん、今度は右頬がピシャリと乾いた音を響かせた。

「あひっ⁉」

「最低、変態、ケダモノ、異常性欲者！」

「ひ、ひどいよ……殴らないって約束したのに……自分だって、嘘つきじゃん」

「何？　犯罪行為しといて、何か言いたいことあるの⁉」

「あ、ありませんです」

ふだんおとなしい人が怒ると怖いという俗説は、どうやら本当らしい。

慎一は部屋の隅に追いつめられ、今や狼に見据えられた子羊そのもの。少女の憤《いきどお》りはそれほど凄まじく、美しい顔立ちだけに迫力満点だった。

「それで、盗みだしたところを英里香に見られたっていうのね」

「え？　は、はあ……そうです」

「何、その奥歯に物が挟まったような言い方」

美玖は心の内を探るような視線を向けたあと、冷ややかな笑みを浮かべる。

「まあ、英里香に聞けば、全部わかることだけど……」

能天気な妹に飛び火させるわけにはいかない。それだけ、洞窟内の一件を知られる可能性も高くなるのだ。

「パ、パンティを……鼻に押しつけて、真っ裸でオナニーしてるとこ……見られちゃいました」

「えぇっ⁉」

「英里香ちゃん……寝苦しくて、シャワーを浴びにきたらしいんだ。襖がちょっとだけ開いてたみたいで、俺の呻き声を聞いて……何事かと思って覗いたんだって」

天地がひっくり返るような衝撃だったのか、少女は茫然自失《ぼうぜんじしつ》している。

「……信じられない」

「ごもっともです」

「小学生に、そんなもの見せるなんて」

「返す言葉もありません」

間違いなく幻滅《げんめつ》は感じているはずで、心の底から失望したのではないか。

当然のことながら、美玖相手の童貞喪失もついえたことになる。

自業自得《じごうじとく》とはいえ、慎一はひたすらしょんぼりするばかりだった。

「さっき言ったこと……本当なの？」

「え？」

「ママへの思い、吹っ切れたって」

「ホ、ホントだよ。恋人だって、いるんでしょ？」

「……うん」

ひと筋の光明《こうみょう》が射しこみ、期待に満ちた表情で身構える。美玖はしばし間を置いたあと、真摯《しんし》な態度で言い切った。

「今回だけは……許してあげる」

「えっ、マ、マジで!?」

「だって、慎ちゃんのこと……どうしても嫌いになれないもん。私にとっては初恋の人だし、結婚の約束だってしたんだから」

そう言いながら、少女は目に涙を溜めて嗚咽《おえつ》する。

胸が締めつけられ、罪悪感とともに庇護《ひご》欲が猛烈にそそられた。

「……美玖ちゃん」

そっと抱き寄せれば、彼女は胸に顔を埋《うず》め、ふんわりしたバストの感触によこしまな思いが込みあげる。

二人は水着姿で、美玖はほぼ裸といってもいい状態なのだ。

意識せずとも海綿体に血液が注入され、牡の肉がゆっくり膨張した。

(最悪の結末は……避けられたのかな？　あぁ、英里香ちゃんとの一件がなければ、何も悩むことはないのに)

天を仰いで嘆息した瞬間、股間の膨らみをスッと撫でられる。

「お、おふっ」

「また、おっきくなってる。これが、いけないいんだよね？」

「そんなに弄りまわしたら……」

「こんなのがあるから、変なことばかり考えちゃうんでしょ？」

「そ、それは……むふっ」

下腹部全体が甘美な感覚に包まれ、口がだらしなく開いた。

美玖は海パンの紐をほどき、上縁から手を入れて硬直をギュッと握りしめる。

「やらし……ビンビンじゃない」

「だ、だって、美玖ちゃん、かわいいし、すごくエッチな水着……着てるから」

「見せようと思って……慎ちゃんが来る前の日に買ったの」

「へ、杏子さんに怒られたって……」

「英里香には、そう言うしかなかったの。ママの前でこんな恥ずかしいビキニ、着られるわけないもん」

「けっこう……嘘ついてんじゃん」

「なんか言った？」

「いえ、とても色っぽいって言ったんです」

美玖はためらうことなく海パンを引き下ろし、怒張を剝きだしにさせた。

「すごい……先っぽがパンパンに膨らんでる」

頰を桜色に染め、首筋から甘酸っぱい発情臭がふわんと立ちのぼる。

少女は虚ろな表情で跪《ひざまず》き、ペニスを上下に振ってもてあそんだ。

「あたし……ママには絶対に負けないから。これから、どんどんグラマーになるはずだし」

「い、いえ、今でもむちむちだし、かなりいけてます」

かぐわしい吐息が肉幹にまとわりつき、昂奮のボルテージがレッドゾーンに飛びこむ。美玖は唇を寄せ、舌先で宝冠部をチロチロと這い嬲った。

「くほぉぉっ」

にちゃっと唾液の跳ねる音が聞こえた直後、小さな口が男根をそっと招き入れる。

ぬっくりした粘膜が先端を優しく包みこみ、慎一はペニスが蕩けそうな感覚に口をへの字に曲げた。

昨日は妹、今日は姉と、二日続けて口唇奉仕を受けようとは……。

ばちあたりとしか思えぬ体験に身震いし、性本能が烈風《れつぷう》のごとく吹き荒れる。

「お、おおっ」

驚いたことに、美玖は猛り狂う剛槍を根元までズズッと呑みこみ、目尻に涙を溜めた表情が牡の征服願望をいやが上にも刺激した。

「す、すごい」

十三歳の真面目な少女は、どこでディープスロートの知識を得たのだろう。

息苦しいのか、喉が波打ち、ねとねとの咽頭粘膜が亀頭の先端をキュッキュッと締めつける。

「ぷっ、ふわぁぁっ……おっきいよ」

「はあふうはあっ」

「慎ちゃん、気持ちいい？」

「気持ちいいなんてもんじゃないよ……卒倒《そっとう》しそうだよ」

美玖は再び男根をぷるんと振るや、宝冠部をふんわりした乳丘にこすりつけた。

「く、ほおっ」

すでに先走りが溢れているのか、鈴口に走るなめらかな感触が射精欲求を崖っぷちに追いたてる。

小さな三角布地がずれ、今度はしこり勃った桜色の乳頭に色めき立った。

「すごい、ぬるぬるがたくさん出てる」

美玖は亀頭を乳肌になすりつけ、へばりついた前触れの液が淫らな光沢《こうたく》を放つ。

突端《とったん》のラズベリーが鈴口を掘り起こすと、慎一はくすぐったさと快感の狭間で身悶《もだ》えた。

「おっ、あっ、そんな……み、美玖ちゃん……あっ？」

唇のあわいから唾液が滴り落ち、充血の猛りをゆるゆる包みこんでいく。

（マ、マジかっ！）

少女は肉筒を胸の谷間にあてがい、すっかり露出した乳房の脇に手を添え、両サイドからゆっくり押しこんだ。

眼下で繰り広げられ性技に目を剝く一方、心の中で快哉《かいさい》を叫ぶ。

（パ、パ、パイズリだぁっ！）

どこから仕入れたのか、もはやどうでもいい。

温かくて柔らかい感触がペニスを包みこむや、内転筋は早くも小刻みな痙攣を引き起こした。

4

（ま、まさか、美玖ちゃんがパイズリするなんて）

白桃をふたつ寄り合わせたような乳房は、大きさこそ杏子の比ではないが、やたらしっとりしていてペニスの横べりに張りついてくる。

性的な昂奮から、彼女も発汗《はっかん》しているのかもしれない。

なだらかな額には汗の粒が浮かび、目元がねっとり紅潮《こうちょう》していた。

「お、おおっ」

清らかな粘液が恥部を覆い尽くし、ペニスが膨張係数の限界を突破する。

美少女相手の童貞喪失が現実味を帯び、自然と気が昂った。

美玖は身を上下させ、双乳を円のごとく揺らして肉胴をこねまわす。

「あ、こ、これが……パイズリ」

「気持ちいい？」

「ああ、気持ちいいよ。柔らかくてふにふにしてて、チ×ポが溶けちゃいそう」

剛直はピストンのたびに胸の谷間からはみだすも、少女は手で押さえつつ、懸命な奉仕で快美を吹きこんだ。

英里香では味わえなかった安息感《あんそく》にも似た気持ちが湧き、続いて美玖への愛情が胸の内に広がる。

（四歳年下か……そうだよな、男のほうが数歳年上の夫婦はいちばん多いだろうし、あと十年ぐらい経てば、確かに釣り合いは取れてるかも。イトコ同士なら、籍だって入れられるんだし）

美少女との甘い結婚生活を思い描いた瞬間、ペニスがぶるんと弾け、下腹を猛烈な勢いで打ちつけた。

「あぁン、うまくできない……やっぱり、胸が小さすぎるのかな」

「焦らなくても、大丈夫だよ。そのうち、大きくなるから」

美玖は、杏子の遺伝子を受け継いでいるのだ。

あと二、三年も経てば、見違えるほど成長しているのではないか。

鷹揚《おうよう》とした態度でフォローするも、少女は涙目で睨みつけた。

「何、その余裕」

「え？」

「小さい頃、同じような目であたしを見てたよね。やっぱり、まだまだ子供だと思ってるんだ？」

「いやいや、そんなことないって」

「そりゃ、今の時点でママには敵わないけど！」

どうやら、杏子に対して強烈なライバル心を燃やしているらしい。

初恋の人が自分の母親に想いを寄せていたのだから、簡単に割り切れないのは当然のことだが、まさかこれほど激しい感情を露《あらわ》にしようとは……。

積極的な振る舞いといい、南国特有の開放的な環境が彼女を変えさせたのかもしれない。

（これはこれで、すごくかわいいけど……）

つい目を細めれば、バカにされたと思ったのか、美玖はムッとして立ちあがり、手首を握りしめて引っ張った。

「あ、何？」

「こっちに来て！」

「ちょっ、足元の海パンが……」

その場足踏みで水着を脱ぎ捨て、とうとう全裸になってしまう。

少女は大画面テレビの正面にあるソファに向かい、いまだに屹立状態のペニスがメトロノームのように揺れた。

「そこに寝て」

「……へ」

「仰向けに寝るの、早く」

「は、はい」

言われるがまま寝そべれば、今度は膝を摑まれ、左右に無理やり広げられる。

「あ、ちょっ……!?」

美玖は足のあいだに跪き、股間を隠す間もなく怒張に指を絡めた。

あっと思った瞬間には亀頭冠が口に含まれ、舌先が敏感な鈴割れを掃き嫐る。

「むむむっ」

本音を言えば、やはりパイズリよりもフェラのほうが気持ちいい。

背筋に性電流が走った直後、少女は肉根を一気に咥えこみ、しょっぱなからのフルスロットルで顔を打ち振った。

ちゅぷっ、ちゅぷっ、じゅぷっ、ぐちゅ、ぎゅぷぷぷぷっ！

空気の混じった吸茎音が鳴り響き、停滞《ていたい》しかけていた淫情がV字回復する。

包皮を根元まで剝き下ろし、薄皮状態と化した肉胴に柔らかい唇が目にもとまらぬ速さで往復するのだからたまらない。

しかも美玖は首を螺旋《らせん》状に振り、イレギュラーな刺激まで吹きこんだ。

「あ、おおぉぉぉっ！」

中学二年の少女が、AV女優顔負けのトルネードフェラを繰りだすとは……。

（マ、マジかよ、いったいどうなってんの？）

頰を鋭角《えいかく》に窄め、鼻の下を伸ばした容貌がエロスに拍車《はくしゃ》をかける。

射精願望が瞬時にしてリミッターを振り切り、歯を剝きだして耐え忍ぶ。

「ンっ、ンっ、ぶっ、ぷっ、ぷっ、ぶほっ！」

ペニスはすでに大量の唾液をまとい、持て余した雫が口唇の端からボタボタ滴り落ちた。

あまりの快感からソファの端を摑み、こめかみの血管を膨らませる。

（や、やばい、イカされちゃう……なんとかして間を置かないと）

このまま放出するわけにはいかないし、したくもない。まだ、童貞喪失は叶えていないのだ。

「み、み、美玖ちゃん！　美玖ちゃんのも舐めさせてっ!!」

男子の本懐《ほんかい》を避けるべく、大きな声で懇願すれば、思わぬ展開に度肝を抜かれた。

美玖はペニスを咥えたまま身を転回させ、顔面を大きく跨いだのだ。

（あ、おおおっ、シックスナイン！　嘘だろぉおっ!!）

過激な体位に脳幹が痺れ、股ぐらの一点に視線が集中した。

小さな三角布地が恥丘の膨らみにべったり張りつき、官能的なカーブが男心をそそらせる。

しかも秘裂に食いこみ、くっきりしたマンスジを見せつけているではないか。

中心部のシミを目にしたとたん、全身の血がグツグツと煮え滾った。

甘酸っぱいフェロモンがぬっくりした体温に混じって匂い立ち、まっさらな大陰唇と内腿の柔肉が劣情を掻きたてる。

すかさず股布をずらせば、いたいけな秘園が晒され、胸が甘く締めつけられた。

歪みのない小陰唇はアケビさながら裂開し、オイルを塗りたくったかのように濡れている。

ひくつく内粘膜を視界にとらえた慎一は、迷うことなく女陰に貪りついた。

「ひぃ……ン!?」

小さな悲鳴が洩れ聞こえ、ペニスへの刺激が弱まる。

この状況なら、なんとか保ちこたえられそうだ。

少年は舌先を乱舞させ、溢れでる淫液をじゅるじゅると啜りあげた。

若芽が包皮を押しあげて顔を覗かせ、ぬらぬらした輝きを見せる。大口を開けてかぶりつき、唾液の海に泳がせれば、小振りなヒップがわなわなと震えた。

（ホテルのときよりも、濡れっぷりがすごい……ああ、おいしい、美玖ちゃんのおマ×コ、おいしいよっ！）

少女の性感と感度は、日ごとに発達しているのかもしれない。

酸味の強いピリッとした味覚が口中に広がり、生ぬるい淫臭が鼻腔を掻きまわす。

法悦のど真ん中に放りだされ、このまま一時間でも二時間でも舐《ねぶ》っていたかった。

「……むっ!?」

口の周囲がだるくなる頃、美玖が反撃とばかりに怒張をがっぽがっぽと咥えこむ。

腰椎が痺れ、牡のマグマが睾丸の中で乱泥流《でいりゅう》のごとくうねった。

上下の唇で雁首を執拗《しつよう》にこすられ、射精願望が頂点に向かって導かれる。

（だ、だめだ、これ以上は我慢できない！）

前回は、先っぽを挿れただけで放出してしまった。

東京と沖縄では簡単に会えないため、同じ轍《てつ》を踏むわけにはいかないのだ。

これほど濡れているのなら、完全結合は可能なのではないか。

「ぷふぁ」

慎一は女肉を吐きだすと、ヒップを鷲掴み、強引に身をズリあげた。

「ンっ⁉」

口からペニスが抜き取られ、上体を起こしてウエストに手を添える。

そのまま仰向けにさせれば、濡れた瞳に真っ赤な頬と、あだっぽい表情が心を揺さぶった。

「はあはあ、挿れていい？」

「……うん」

美玖が小さく頷き、待ちに待った瞬間に剛直がいななく。

慎一は足のあいだに腰を割り入れ、ぬらついた中心部に亀頭の先端をあてがった。

（あ、おおっ！）

とろみがかった愛液が宝冠部を包みこみ、身が蕩けそうなほど気持ちいい。

奥歯を嚙みしめ、必死の形相《ぎょうそう》で暴発を堪える。

(我慢……我慢だぁ)

射精の先送りに成功したところで腰を軽く突きだせば、肉びらが押し広げられ、亀頭をゆっくり招き入れた。

「む、むおっ」

「あ、あ……あンっ」

美少女は顔を横に振り、口元を引き攣らせる。

(相変わらず……狭いや。この前は出血してたけど、やっぱり痛みがあるのかな)

痛々しい表情に憐憫《れんびん》の情が湧くも、今さら中止する気にはなれない。

申し訳ないと思いつつ、慎一は柔らかな口調で問いかけた。

「大丈夫?」

「うん……平気」

「力、抜いて……ゆっくり挿れるから」

美玖が息を吐いて脱力した直後、ようやく雁首が膣口をくぐり抜ける。

「あ、入った！　入ったよ」

一気呵成《いっきかせい》に腰を繰りだせば、男根はさほどの抵抗なく膣道を突き進み、根元まで埋めこまれた。

嬉々としたのも束の間、膣内粘膜が胴体をギューッと絞り、想像以上の圧力に腋の下が汗ばむ。

「む、おぉっ」

さりげなく様子を探ると、彼女はまたもや顔をしかめていた。

「い、痛いの？」

「……ちょっとだけ」

ペニスに疼痛が走り、この状況ではいつまで経っても腰を動かせない。

やはり、童貞と処女の交情には無理があるのか。

(セックスって、もっと気持ちいいものだと思ったのに……いったい、どうしたらいいんだよ)

進退窮《きわ》まるなか、膣の締めつけが弱まり、圧迫感が徐々に消え失せる。

「あ、あれ……痛くないの？」

「最初はちょっと痛かったけど、今はそんなに……」

「ホ、ホント？」

もしかすると、処女膜は前回の挿入時に破れていたのかもしれない。

慎一は現金にも目を輝かせ、息せき切って身を乗りだした。

「う、動いてもいい？」

「うん……あまり激しくしないでね」

コクリと頷いてから腰をゆったり引き、スローテンポの律動でペニスの抜き差しを開始する。

「あ、ンっ、ンぅっ」

抵抗やひりつきはまだあるものの、膣肉がこなれてきたのか、それほどの痛みは感じない。

やがて淫液が肉胴に絡みつき、スムーズさが増すと同時に快感が息を吹き返した。

自然とスライドのピッチが上がり、ソファがギシギシと音を立てて軋む。

（あぁ、気もちよくなってきたけど、美玖ちゃんのほうは……）

チラリと見あげると、いつの間にか少女の顔から苦悶が消え、桜色の頰がカーテン越しの陽光を受けて照り輝いていた。

「うンっ、はっ、ンぅっ、ふわぁ」

「ど、どんな感じなの？」

「なんか、身体がふわふわする」

「痛みは？」

「ほとんど……ないかも」

鼻の穴をブワッと広げ、性欲本能がストッパーを弾き飛ばす。腰をしゃくり、肉の砲弾を膣奥に撃ちこめば、美玖は身を仰《の》け反《ぞ》らせ、甘ったるい喘ぎ声を放った。

「あっ……やぁぁぁン」

接合部から卑猥な水音が響き、突けば突くほど快美が増していく。媚肉もうねりはじめたのか、肉棒にべったり絡みつき、上下左右から揉みしごいてくるのだ。

「あンっ、あンっ、い、いいっ」

「気持ちいいの？」

「おかしく……なっちゃうかも」

「いいんだよ、もっとおかしくなっても！　俺は、とっくの昔におかしくなってんだから！」

「慎ちゃん、好き……大好きっ」

美玖は思いの丈を吐露し、首に手を回してしがみついてくる。

結合がより深くなり、肉襞の摩擦と温もりに心の底から酔いしれた。

「あっ！　あっ！　あっ！」

「ンっ、ンっ、くっ、はぁあぁぁっ」

愛欲が一気に加速し、岸壁を打ちつける荒波のごとく牡の波動を叩きこむ。

心地いい窒息感《ちっそく》に噎せる頃、パンパンに膨れあがった内圧が破裂寸前を迎えた。

「ああ、も、もう我慢できない！　イッちゃう、イッちゃいそうだよ！」

「出して、中に出して」

「い、いいの⁉」

「もうすぐ生理だから」

中出しの許可を受け、猛り狂う欲望が身体の奥底から堰《せき》を切って迸る。

マシンガンピストンで膣肉を掘り起こせば、美玖は泣き顔に変わり、恥骨を上下に振って身悶えた。

「やぁぁ、身体が変！　おかしくなっちゃう、おかしくなっちゃうぅっ！」

まさか、初体験から性の頂を極めてしまうのか。

触れ合う肌が熱気を帯び、全身の毛穴から大量の汗が噴きこぼれる。

酸味の強い恥臭があたり一面に漂い、蒸れたフェロモンが交感神経を麻痺させる。

「ぬおぉぉっ」

「……ひっ⁉」

掘削《くっさく》の一撃を子宮口に見舞うと、美少女はヒップを浮かし、両足を慎一の腰に巻きつかせた。

恥骨がまたもや大きく振られ、ぬめりかえった淫肉が怒張をこれでもかと引き絞る。

「ぐはっ！」

腰の動きを止めると同時に、悦楽の奔流《ほんりゅう》に足を掬われた。

脳裏に白い膜が張り、獰猛《どうもう》な牡のエキスが輸精管をひた走った。

顎を突きあげ、筋肉ばかりか骨まで蕩けそうな悦楽にどっぷり浸る。

「あ、おおぉぉぉっ」

少年は咆哮しつつ、熱い刻印を肉洞の中にぶちまけた。

「あっ、あっ、あっ」

脳神経が焼き切れそうな快美に、今はまともな思考が働かない。

甘い余韻が押し寄せているのか、美玖もうっとりした表情で身をひくつかせる。

(おっ、おお……さ、最高、最高だよ)

ありったけの欲望を吐きだし、精根《せいこん》尽き果てた慎一はそのまま愛くるしい少女に覆い被さった。

第五章　夜の美ら海で絶頂青姦

1

（なんか……おかしいな）

夕食の時間、英里香は慎一と美玖の姿を訝《いぶか》しげに見つめた。

どこがどうとは言えないが、二人のあいだに漂う雰囲気がこれまでとは微妙に違うのだ。

正確には、昼寝した直後からだろうか。

慎一はやけに気をつかい、美玖は美玖で別人のごとく口数が少なかった。

決して機嫌が悪いわけではなく、終始朗《ほが》らかな表情を崩さず、妙に落ち着いているのである。

真面目な姉が過激な水着を着用したのもわからないし、目が覚めたとき、いつものビキニに着替えていたのも不自然だった。

恥ずかしくなったからという理由は頷けるも、どう考えても妙だ。

(今夜は宅配ピザをとるはずだったのに、自分から料理を作るなんて言いだすし)

こんなことは、今まで一度もなかった。

もっとも、市販のルーでこさえたカレーライスだが……。

「英里香、どう？　おいしい？」

「うん、おいしいよ……でも、お姉ちゃんがいきなり料理だなんて、びっくりしちゃった」

「そ、そりゃ、私だって、料理ぐらい作るわよ」

美玖は恥ずかしげに目を伏せ、慎一をチラリと見やる。

「慎ちゃんは？」

「うん、うまい、最高だよ……ははっ」

こちらは照れた素振《そ》りで答え、すぐさま視線を逸らした。

(そう言えば……この四年間、お姉ちゃんは慎ちゃんとたびたび連絡を取り合ってた

っけ）

単なる仲のいいイトコ同士だと思っていたが、自分の知らない特別な思い出でもあるのだろうか。

（でも、慎ちゃんはママを好きなはずだよね）

杏子のショーツを盗みだし、自慰行為に耽っていたのだから、美玖に対して恋愛感情を抱いているとは考えられない。

もし、姉の片思いだとしたら……。

胸がチクリと痛み、カレーを口に運ぶ手がピタリと止まった。

相手は性犯罪に手を染め、妹にまで欲望を向けた男なのである。自分のほうから誘いをかけたとはいえ、美玖のことが好きなら絶対に拒否するはずだ。

ひょっとすると、慎一はとんでもなく不誠実な人間なのかもしれない。

（もしお姉ちゃんを泣かせるようなことしたら、絶対に許さないんだから！）

憤然《ふんぜん》としたものの、洞窟内の一件を思い返すと、複雑な心境だった。

下着窃盗の仕置き目的と性的な好奇心を満足させるつもりが、快感に酔いしれてしまい、口でエクスタシーに導かれてしまったのだ。

しかも自らペニスを舐めしゃぶり、顔に精子までかけられて怒らなかったのは、紛れもなく慎一への仄《ほの》かな恋心が芽生えている証拠だった。

イケメンではないのに、そばにいるだけでホッとするのは、亡き父と彼をだぶらせているだけなのかもしれない。

（お父さんのことはあまり覚えてないけど、叔父と甥だもん……似てても、不思議じゃないよね）

その後の美玖は慎一と目を合わせず、どこか気怠《けだる》そうで疲れているように見える。

彼女がこんな表情をするのも、初めてのことだった。

「ん、英里香、ボーッとして、どうしたの？」

「ううん、別に……あたし、デザート用意するね」

残りのカレーを口に放りこみ、空いた皿を手に席を立つ。

とにもかくにも、慎一が何を考えているのか、きっちり確かめておかなければならない。

返答の内容次第で、これからの対応も変えなければいけないのだ。

いそいそとキッチンに向かう最中、英里香の心は不安と甘い予感に揺れていた。

2

（昼間、たっぷり寝たから……全然眠くならないや）

慎一は客間の布団の上に寝そべり、仕方なくテレビの深夜番組で時間を潰した。

日付けは次の日に変わり、明日になれば、杏子が旅行から戻ってくる。

（明後日は、東京に帰るのか……けっこう短かったな）

このまま何事もなく終われぱいいのだが、どんな事態が待ち受けているのか、予想がつかない。

美玖ともう一度肌を合わせることになるのか、それとも英里香からまた淫らな誘いを受けるのか。

身体がふたつあればいいのにと、慎一は非現実的な思いにとらわれた。

美形の姉にコケティッシュな妹と、どちらも捨てがたい魅力があり、スケベ心が男のロマンでもある姉妹どんぶりを求める。

（俺って、ホントにどうしようもない奴……そんなことして、もしばれたら、とんでもない修羅場《しゅらば》になるぞ）

背筋をゾクリとさせるも、英里香と情交するチャンスもあるだけに、どうしても吹っ切れない。

十一歳で自らペニスを舐めまわし、顔面シャワーまで受けいれたのだから、将来はどんなエッチな女性に成長するのか、考えただけでドキドキした。

(フェラチオといえば……美玖ちゃんのおしゃぶり、気持ちよかったな)

姉のほうがふっくらしているせいか、口の中もまた肉厚で、しっぽり濡れた口腔粘膜はペニスが蕩けそうな愉悦を吹きこんだ。

愛情たっぷりの奉仕はもちろん、ひとつになれたときの感動は忘れられない。

ぬっくりしたとろとろの媚肉の感触に自制心が働かず、あっという間に頂点までのぼりつめてしまった。

切なげな顔で身悶える美少女の姿態には、どれほど昂奮したことか。

野性的な小麦色の肌、見るからに脆弱《ぜいじゃく》な白い乳房とデリケートゾーン。二色の対比が相乗《そうじょう》効果を生み、このまま死んでもいいと思ったほどだ。

悩ましい痴態を思い返せば、顔が火照りだし、海綿体に熱い血潮が漲《みなぎ》る。

(やべっ……また勃ってきちゃった)

ハーフパンツの中心に手を伸ばし、半勃起した膨らみを撫でつけただけで堪えきれぬ淫情が迫りあがった。

沖縄に来てから毎日射精しているのに、すっかり盛りがついてしまった気がする。

（どうせ寝られないんだし、一発抜こうかな……でも、また美玖ちゃんとエッチする可能性は高いし、もったいないか。あああっ！）

布団の上を転げまわっても、獰猛な情欲はまったく収まらない。狂おしげに腰をくねらせた瞬間、慎一は襖の向こうから聞こえてきた声にハッとした。

「慎ちゃん……まだ起きてる？」

「……あ」

ひょっとして、美玖も同じ気持ちで部屋を訪れたのではないか。

「お、起きてるよ！」

「入っても、いい？」

「いいよ！」

すぐさま身を起こして答えれば、襖が微かに開き、タンクトップとホットパンツ姿の英里香が目に飛びこんだ。

「……あ」

まさか、欲情している最中に現れようとは……。

どうやら、何事もなく終われそうにない。

最悪の展開が頭を掠め、胸が妖しくざわついた。

「なんか、寝られなくて……」

早熟の妹は伏し目がちに入室し、布団の真横でちょこんと女座りする。

ぴっちりした桃色のパンツが鼠蹊部に食いこみ、恥丘の膨らみがこんもり盛りあがった。

肌から香るココナッツの甘い香りが、交感神経を麻痺させていく。

「慎ちゃんも寝られないんだ？」

「ああ、うん……昼間、寝すぎちゃったのかも」

「あたしも」

「……美玖ちゃんは？」

「ぐっすり寝てるみたい。なんか、疲れてる様子だったよね」

美玖だけは昼寝しておらず、処女貫通に向けて気が張っていた。

しかも初めてのセックスで絶頂まで味わったのだから、倦怠感《けんたい》を覚えたとしても不思議ではない。

（もしかすると……明日のエッチのために英気を養《やしな》ってるのかも）

妹に好色な視線を向けてしまうのも、姉が熟睡中という情報を得たからか。

何はともあれ、今の時点で最悪の事態を迎えることはなさそうだ。

「ねえ、散歩しない？」

「……え？」

「夜風に当たれば、気分も変わるかなと思って」

「あ、ああ……なるほど」

やめたほうがいい、断るべきだ。もう一人の自分が耳元で囁くも、拒絶の言葉は口から出てこない。

「なんか、羽織っていったほうがいいんじゃない？」

「大丈夫、さっき窓を開けてみたら、かなり暖かったよ」

「そ、そうか……今日は、朝からけっこう暑かったしね」

「ねえ、行こうよ！」

「うん、わかった」

慎一が立ちあがると、英里香も腰を上げ、あどけない表情で笑った。

(散歩するだけなんだから……何も問題ないよ)

これもまた、都合のいい言い訳か。

股間の肉槍は、いまだに半勃起の状態を維持しているのだ。

心の隅にとどまっていた英里香への愛欲が、紅蓮《ぐれん》の炎と化して燃えあがった。

3

「ホントだ……思ったより肌寒くないね」

月明かりと玄関脇の外灯が浜辺を照らし、暗い海と相まって幻想的なムードを漂わせる。

慎一は先立って歩く英里香に声をかけ、小振りなヒップをじっと見つめた。

果たして彼女は、処女か非処女か。

(バージンじゃないなら……後腐れはなさそうな気もするけど)

美玖は初体験のあと、人が変わったように穏やかになった。

好きな男に身を捧げた満足感なのか、安心感なのか。子猫さながらじゃれつき、腕を摑んで離さなかった。

浜に戻るときは互いに素《そ》っ気《け》ない素振りを演じたものの、ときおり感じる熱い眼差しに気づき、英里香にばれるのではないかとドギマギしたものだ。

妹は姉と違い、天真爛漫な気質だけに、もしバージンなら、あからさまな態度で接してくる可能性はある。

(やっぱり……手は出さないほうが懸命だよな。美玖ちゃんとエッチしたことだって、知らないわけだし。でも……)

ホットパンツの薄い布地はヒップの形状を余すことなく見せつけ、プリッとした膨らみに生唾を飲みこむ。

洞窟内ではスクール水着の船底をずらし、初々しい秘唇を心ゆくまで舐ったが、剝きだしのヒップや乳房は目にしていないのである。

牡の本能は無意識のうちにまだ見ぬ先を求め、ペニスは半勃ちから七分《ぶ》勃ちへと膨張した。

「あぁン……夜風、やっぱり気持ちいい」

英里香はビーチチェアに座り、慎一もとなりのチェアに腰かける。天を仰げば、夜空にちりばめられた星の輝きに目を奪われ、潮騒の心地いい響きに耳を傾《かたむ》けた。

「俺……こっちの大学に進学しようかな」

本音をぽつりと告げれば、少女は声を弾ませて同意する。

「うん、来なよ！　来年、受験だよね？」

「過ごしやすい気候だし、景色は素晴らしいし、こんな毎日を送れたら最高だもんな。杏子さんが引っ越してきた理由がよくわかるよ」

「お姉ちゃん、喜ぶと思うよ。あたしだって……」

「……え？」

最後の言葉が聞き取れず、顔を横に振ると、少女は真っすぐな視線を向け、やけに神妙《しんみよう》な面持ちで問いかけた。

「慎ちゃん……お姉ちゃんと何かあったの？」

「へ？」

さすがは姉妹だけに、ふだんとは違う姉の態度は察したらしい。

（ど、どう答えればいいんだ？　エッチしたなんて言えないし……）

英里香ともただれた関係を築いているだけに、生々しい話は避けたいという心理が働く。

とりあえず、いったん間を置こうと、慎一は苦笑混じりに聞き返した。

「どうして、そう思ったの？」

「どうって……とにかく、そう感じたの」

「そ、そう」

「どう見たって、おかしいもん！」

唇をツンと尖らせる仕草に胸がときめき、よこしまな思いが脳裏を占める。

下腹部がムラムラしだし、パンツの下のペニスが小躍りした。

(ひょっとして、嫉妬の気持ちもあるのかな？　だとしたら、迂闊《うかつ》なことは言えないぞ……そ、そうだ！)

都合のいい言い訳を思いつき、あえて困惑げな顔で口を開く。

「実はね……見えちゃったんだ」

「……何が？」

「ほら、美玖ちゃん、けっこう過激な水着を着てたでしょ？」

「そっ！　それも、おかしいと思ったの!!　ありえないもん、お姉ちゃんがあんなエッチなビキニ着るなんて」

「英里香ちゃんが寝てるとき、二人で海に入ったんだ。そのときに大きな波が来て、その、胸がポロリと……」

「ええっ！」

よほど驚いたのか、英里香は目を見開いて向きなおった。

「わかるでしょ？」

「それで、二人とも……変な感じだったんだ」

「とにかく、気まずくてさ」

「いつものビキニに着替えたのも、そのせい？」

「すぐに家に戻ったから、そうだと思う……美玖ちゃん、死ぬほど恥ずかしかったんじゃないかな？」

シャワーを浴びたあと、美玖は別の水着を着用して現れた。

紐ビキニは汗と愛液でぐしょ濡れだったため、身に着けたくなかったのだろう。

「いきなり料理を作ったのは？」

「え？」

「昨日は、ピザをとろうって言ってたでしょ？」

「あ、ああ……あれは、俺がカレー食いたいなって呟いたら、じゃ、私が作ってあげるって流れになっただけだよ」

「そうなんだ……よかった」

英里香はホッと溜め息をつき、柔和《にゅうわ》な顔つきに変わる。そして腰を上げ、ゆっくり近づいてきた。

「あたし……お姉ちゃんが慎ちゃんのことを好きで、何かあったんだと思ったの」

「あ、いや、そんなこと……ははっ」

小学生とはいえ、女の勘は鋭い。

頬を強ばらせると、彼女はチェアの端に座り、半身の体勢から艶っぽい視線を投げかけた。

黒目がちの瞳はいつの間にか潤み、カールした睫毛《まつげ》が小さく震える。

「ねえ、慎ちゃん」

「……ん？」

「あたしのこと……好き？」

「そ、そりゃ、好きだよ。英里香ちゃんが生まれたとき、俺は六歳だったかな？　もう、メチャクチャかわいくてさ。ホントの妹のように思ったし……」

「そういう意味じゃなくて、女としてどうかなって聞いてるの」

「あ……」

「昨日、あたしにいやらしいことしたよね？」

「いや、それは……」

破廉恥な行為を強要したのは彼女のほうなのだが、本能の命ずるまま、掟破りの反撃に転じてしまったのは事実なのだ。

心臓が破裂しそうなほど高鳴り、海綿体に大量の血液が注入された。

知らずしらずのうちに、締まりのあるヒップにねちっこい視線を向ける。

「なんか、慎ちゃんのことが好きになっちゃったみたい」

「え、おふっ⁉」

英里香は口元にソフトなキスを見舞い、ハーフパンツの中心に手のひらを被せた。

性感覚を撫でられ、電気ショックを受けたように腰をバウンドさせる。

（やばい……やばいぞ）

いや……心のどこかで、こうなることを望んでいたのかもしれない。

姉に続いて妹とも関係を結べば、もはや言い逃れはできず、破滅《はめつ》の可能性は免《まぬが》れないのだ。

それがわかっていても、今の慎一にまともな理性は働かなかった。

「やだ……もうおっきくなってる」

「あぁ、だめだ、だめだよ」

拒絶の言葉を発しても、身体はすでに快感を受けいれている。

「すごい……どんどんコチコチになるよ」

「く、ふぅぅぅっ」

「おチ×チン、見ちゃおうっと」

「あ、そんな……」

英里香がハーフパンツの腰紐をほどくと、慎一は脱がせやすいように自ら腰を浮かせた。

布地が下着もろとも引き下ろされ、ペニスが反動をつけて跳ねあがる。

赤褐色の亀頭、こぶのように突きでた雁首、胴体にびっしり浮きでた静脈。臨戦態勢を整えた肉棒は、自分の目から見てもまがまがしい昂りを見せつけた。

「やぁぁっ……ビンビン」

「はあはあ、はあふうっ」

「触っても、いい？」

「ま、まずいよ。これ以上は……」

微かに残る理性を懸命に手繰り寄せ、股間を隠そうとした刹那、少女は一転してねめつける。

「慎ちゃんに、拒絶する権利はないんだからね」

「……え？」

「いいの？　ママにばらしても」

「あ、あ……」

「下着を盗んだことや洞窟で何をされたのか、全部しゃべっちゃうんだから」

杏子の存在など、すっかり忘れていた。

下着窃盗の件は美玖に白状したが、母親のほうはまだ何も知らないのだ。

甥の破廉恥な行為を聞いたら、美しい叔母はどんな顔をするのだろう。

洞窟内の一件も、年齢差を考えれば、英里香のほうから誘ったなどという言い訳は通用しない。

倉橋家との交流が途絶《とだ》えるのは火を見るより明らかで、沖縄の大学に進学する夢も水の泡となる。

(当然、美玖ちゃんの耳にも入るはずだよな)

単なる脅《おど》しだとは思うが、能天気な女の子だけに不安は拭えず、慎一は下腹部に伸ばした手を宙にとめた。

英里香は勝ち誇った笑みを浮かべ、反り勃つ肉根に指を絡める。包皮をズリ下ろされたとたん、官能電流が身を貫き、鈴口に前触れの液がジワリと滲んだ。

「先っぽが、ツルツル……あたしの顔が映りそう」

「く、くうっ」

「熱くて、手が火傷《やけど》しそうだよ」

性欲の嵐が吹き荒れ、いやでも官能の世界に引きずりこまれる。

息を吹きかけられただけで腰がくねり、青膨れの血管が早くも脈打った。

爪でふたつのクルミを優しく搔きあげられ、両足を一直線に突っ張らせた。

「はあふう、はふぅぅ」

「ふふ、慎ちゃんの反応、面白い」

まさか、小学生の女の子に焦らされようとは……。

焦燥感《しょうそう》が牡の淫情を高みに追いたて、息も絶えだえに喘ぐ。

「相変わらず、縫い目のとこがちぎれそう」

「くはっ」

亀頭の裏側を指でなぞられ、もどかしげに身悶えると、少女はやけにあだっぽい表情で呟いた。

「慎ちゃん……あたしのこと好き?」

「好き……好き……好きですっ!」

「女として、だよ」

「も、もちろんですぅ!!」

性感を煽《あお》られ、思考回路はすっかりショートしている。

閊髪《かんぱつ》をいれずに答えれば、英里香はイチゴ色の舌を差しだし、怒張の横べりに舌を這わせた。

「くふっ！」

胴体をチロチロと掃かれ、続いて雁首がなぞりあげられる。

横目でこちらの様子をうかがう眼差しが、なんとも悩ましい。

「おチ×チン、昨日ほどしょっぱくないよ」

「シャ、シャワーを浴びたから……おおっ」

舌先が鈴割れをつつき、はたまたほじくり返し、甘い戦慄《せんりつ》が身を駆け抜けた。

「精子って、一日で溜まるの？」

「はあはあ……え？」

「今日も、いっぱい出るのかなと思って」

精力は島を訪れてから毎日発散し、半日ほど前にも美玖の中に放出している。

大量射精する自信はないが、一日に四回も五回もオナニーした経験はいくらでもあるのだ。

「たくさん……出ると思う」

口の中に溜まった唾を飲みこんでから答えると、英里香は満足げに微笑み、丸々とした亀頭をソフトクリームのように舐めまわした。

「くおおっ」

窄めた唇でちゅぱちゅぱと啄み、とろみの強い唾液を滴らせる。期待感からチェアの縁を摑んだ直後、少女は口を開け、宝冠部をぱっくり咥えこんだ。

顔を沈めると同時に陰嚢をスッと撫でられ、悦楽の雷撃が脳神経を灼《や》きつくす。

彼女はそのままピストンを開始し、ぬくぬくの口腔粘膜が肉胴を丁寧にしごいた。

「ンっ、ンっ、ンっ」

「おふっ、はっ、むぅぅ」

大きなリスクを抱えた状況が多大な肉悦を吹きこむのか、性感が緩むことなく上昇し、頭の中が虹色に染まる。

顔のスライドが徐々に速度を増し、慎一はとても十一歳とは思えぬ激しい口戯に目を剝いた。

ぐぽっ、じゅぽっ、ぐぷっ、ぬぽっ、ちゅぽっ、びぷっ、ビヴヴヴっ！

卑猥な吸茎音が高らかに響き、しっぽりした唇が敏感な雁首をこれでもかとこすりたてる。丹田《たんでん》に力を込めて堪えるも、英里香はなおも頰を窄めて啜りあげた。

「ぐおぉおっ」

このまま放出まで導かれてしまうのは情けないし、後悔も残りそうだ。

本能が一人歩きを始め、妹とも禁断の関係を結びたい想いが極限まで募《つの》る。

「ああ、イクっ、イッちゃうよ」

我慢の限界を訴えると、少女は怒張を口から抜き取り、悪戯《いたずら》っぽい笑みをたたえて立ちあがった。

「……え?」

またもや、焦らそうというのか。

涙目で仰ぎ見れば、英里香はクロスした手をタンクトップの裾に添え、ゆっくりと引きあげた。

考えてみれば、彼女の裸体はまだ目にしていない。

固唾を呑んで見守るなか、ピンクの乳頭が露になり、飴色の肉棒がいちだんと反り返った。

4

（ああ！　おっぱい、ふっくらしてるぅ‼）

英里香の乳丘は思っていたより丸みを帯びており、やや大振りのオレンジをふたつ並べたといったところか。

白い肌がビキニの形にくっきり映《は》え、惚けた表情で少女の美乳を注視する。

サイズは美玖よりひとまわり小さいが、張りと艶は負けておらず、頂点の小さな肉粒が可憐さを誇らしげに見せつけた。

彼女は恥ずかしそうに身をよじり、ホットパンツのウエストに手を添える。ぱつぱつの布地が引き下ろされると、慎一は身を乗りだして喉を震わせた。

「あ、あ……」

上部に花柄模様のフリルをあしらった下着は、小学生の女子が穿くような代物《しろもの》ではない。

イエローグリーンの生地は透過率が高く、地肌を透けさせている。布地面積も異様に小さく、紛れもなくセクシーランジェリーだった。

「そ、そのパンティ……英里香ちゃんの？」

「やだ、あたしのわけないでしょ。ママのを借りたの……似合わないかな？」

少女はそう言いながらホットパンツを脱ぎ捨て、ファッションモデルさながら身を一回転させる。

（おおっ！　Ｔバックだ！）

柔らかい曲線を描く水蜜桃が目を射抜き、慎一は鼻の穴をこれ以上ないというほど広げた。

彼女が淫らなショーツを拝借《はいしゃく》したのは、過激なビキニを着用した姉へのライバル意識があるのではないか。

「に、に、似合う……最高だよ」

褒め殺しの言葉を投げかければ、英里香はやや俯き加減ではにかんだ。

もっと近くで見たい。

どれほど透けているのか、じっくり観察したい。

心の声が届いたのか、英里香はゆっくり歩み寄り、慎一の身体を大きく跨いだ。

「おわっ!?」

股間は両手で隠しているため、肝心の箇所は確認できず、フラストレーションは溜まる一方だ。

「ちゃんと寝て」

胸を押されてチェアの背にもたれると、少女は身を屈めて抱きつき、唇にキスの雨を降らす。

「こっちの大学に受かったら、しょっちゅう会えるよね？」

「う、うん」

胸が軽く軋んだのも束の間、木イチゴを思わせる乳首が目に入ると、一瞬にして欲望の奔流に押し流された。

手を伸ばし、指先でつまんでこねまわす。

乳頭は目に見えてしこり勃ち、英里香は喉を晒して悦の声を洩らした。

「や、はぁあぁっ」

「気持ちいい？」

「うん……いい、いいよぉ」

「もっと気持ちよくさせてあげるよ」

彼女の様子を盗み見しつつ、人差し指でピンピン弾けば、細い肩が小さく震える。

「う、ふっ⁉」

「すごいや……感度抜群だね」

「あぁン、はぁぁっ」

ペニスはいないていている状態だが、挿入する前にとことん楽しんでおきたい。

まだ、セクシーショーツの眼福《がんぷく》にすらあずかっていないのだ。

慎一は頭を起こし、今度は疼きたつ肉実を口に含んで舐め転がした。

「あ、くふぅぅっ」

唾液をたっぷりまぶし、甘噛みしては吸いたて、合間になだらかな背を手のひらで撫でまわす。

さらにはヒップを揉みしだき、プリプリの弾力感を心ゆくまで味わった。

「やっ、はっ、ン、ふわぁ」

英里香は眉尻を下げ、吐息混じりの喘ぎを間断なく洩らす。

発汗しているのか、ムンムンとした熱気が伝わり、月明かりに照らされた肌がなまめかしい光沢を放った。

頰は朱色に染まり、腹部に押し当てられたクロッチはすでにぐしょ濡れの状態だ。

（ああ、早く見たい！）

胸底で強く願えば、切なげな声が鼓膜を揺らす。

「し、慎ちゃん、エッチすぎるよ……あたし、おかしくなっちゃう」

発情モードに突入したとしか思えず、頃合いと判断した慎一は乳頭から口を離して次のステップに移った。

チェアの背もたれを水平に近い角度に調整し、さりげなく指示を出す。

「もう少し、前に来てくれる？」

「えっ？ こう？」

スケスケ度が高いだけに、やはり恥ずかしいのだろう。

股間を手で隠し、ためらいがちに腰を進めた瞬間、慎一は太腿の裏に手を差し入れ、両足を抱えあげた。

「あ、やっ」

「そのまま、ソファの縁に足を乗せるんだよ」

「な、何するの？」

少女は不安げに問いかけるも、言われるがままの体勢をとり、M字開脚が完成される。あとは、秘園を覆う手を外すだけだ。

「エッチなパンティ、見せて」

「……やだ」

「俺に見せたくて、穿いてきたんでしょ？」

洞窟内では、小悪魔的な振る舞いでたっぷり苛《いじ》められた。

あのときのお返しは、ちゃんとしておかなければ……。

「それはそうだけど……こんな近くじゃ、恥ずかしいもん」

「手を離して、後ろ手をついて」

「やだって、言ってるでしょ！」

英里香が唇を尖らせるや、慎一は肩に近い胸をやや強めに押した。

「あっ、やっ！」

とたんにバランスを失い、デリケートゾーンから離れた手が空を掻く。少女は後ろ手をつき、目論見《もくろみ》どおりにランジェリーショーツが眼前に晒された。

「おおっ！　すごい、シミが広がってる！」

「やぁぁぁン」

細いクロッチは局部にぴったり張りつき、くっきりしたマンスジが透けて見える。恥毛がないだけに、なめらかな膨らみが隅々《すみずみ》まで晒され、みだりがましいことこのうえなかった。

「慎ちゃんのエッチ、だめっ！」

布地に圧迫された小陰唇は半開きを維持し、ちょこんと突きでた肉芽もひしゃげている。

「だめったら！」

英里香は必死に身を起こそうとするも、慎一はすかさず手を伸ばし、鋭敏《えいびん》な尖りに親指をすべらせた。

「あ、ひっ！」

そのまま指腹を小刻みに回転させれば、少女の目が虚空《こくう》をさまよい、じゅくじゅくした恥液が秘割れから溢れだす。

「あンっ、やっ、ふぅぅン」

くぐもった吐息が潮騒を掻き消し、しなやかな身体が弓なりに反った。

股間の一点を凝視し、ねちっこい指づかいで刺激を吹きこむ。

二枚の唇はいつの間にか厚みを増し、指先に絡みついたラブジュースが軽やかなスライドを促した。

(ああ、なんていやらしいんだ)

わずか十一歳の美少女が淫らなショーツを身に着け、目と鼻の先で大股を開いているのだ。

今となっては、半日前の放出は都合がよかった。

美玖との情交がなければ、愛撫する余裕などなく、早急の結合を試みていたに違いない。

「あン、やン、だめっ、くふっ」

いやよいやよと言いながらも、英里香は腰をくねらせ、自ら恥骨を迫りだして快美を貪る。

まずは、このまま指でイカせてやろうか。

そう考えたものの、指の抽送を加速させたとたん、早熟の少女は思わぬ反撃に打って出た。

器用にも後ろ手で怒張を握りしめ、猛烈な勢いでしごきだしたのだ。

「……あっ⁉」

甘美な鈍痛感が腰部の奥に広がり、射精願望がデンジャラスゾーンに突入する。

歯列を噛みしめて堪えたが、鈴口から垂れ滴る我慢汁が肉幹に絡みつき、なめらかな感触がちっぽけな自制心を吹き飛ばすほどの肉悦を与えた。

(や、やばい……このままじゃ、挿れる前にイッちゃうぞ)

何か、危機的な状況を回避する手立てはないものか。

「ぐ、ぐうっ」

慎一はとっさにショーツを脇にずらし、剝きだしにした女肉に吸いついた。

クリットと陰唇を口中に引きこみ、頰を目いっぱい窄め、真空状態にしてから愛液ごと啜りあげる。

「ひぃぃぃン！」

柳腰がひくつき、甲高い声が夜空を切り裂いた。

程よい塩分とヨーグルトにも似た酸味が混じり合い、極上の芳香《ほうこう》と化して鼻から抜けた。

「あっ、やっ、やっ、やっ」

英里香は狂おしげに呻き、ペニスをしごく手をピタリと止める。

「むふっ、むふっ、むふっ、むふぅ！」

「だめ、やっ、あンっ、あぁぁンっ」

一分、三分、五分。吸引力をさらに上げれば、細い顎を突きあげ、顔をくしゃりとたわめた。

「イクっ……イクっ、イックぅぅ」

絶頂を告げる声が洩れ聞こえたあと、あえかな腰がぶるっぶるっとわななく。

少女は虚ろな目を宙にとどめ、慎《つつ》ましやかに昇天した。

「あ、はぁぁっ」

「ぷふぅ」

クリットを吐きだすと同時に、しなやかな身体が後方に倒れこむ。

うっとりした表情、緩やかに波打つバスト、肌の表面は小刻みなひくつきを繰り返し、オルガスムスの余韻に浸っているとしか思えない。

慎一は身をズリあげて足を引き抜き、愛液と唾液で濡れそぼつ女肉にぎらついた視線を注いだ。

(やるんだ……英里香ちゃんとやるんだ)

後戻りする気は露と消え、今は牡の本能だけに衝き動かされている。

足のあいだに腰を突き進め、亀頭の先端を凝脂の谷間に押し当てれば、肉の畝《うね》がくぱぁと開き、早くもヌメリの強い内粘膜が絡みついた。

膣道は狭いが、これだけ濡れていれば、挿入は可能なはずだ。

「はあはあはあっ」

目尻を吊りあげて腰を繰りだすと、雁首が膣口を通り抜けず、とたんに締めつけが強くなる。

英里香の表情を探れば、目を固く閉じ、口も真一文字に結んでいた。

「い……つっ」

「……え？」

相手が小学生ではさすがに無理なのか、それともバージンなのか。

下腹部に全神経を集中させたところ、侵入を阻《はば》む壁のようなものを感じる。

（処女膜？　バ、バージンだ!?）

とたんに不安が押し寄せ、慎一は無意識のうちに腰の動きを止めた。

英里香は身を縮ませ、睫毛を涙で濡らしている。

いったい、どうしたらいいのか。

苦悩するなか、彼女は目をうっすら開け、弱々しい声で呟いた。

「……いいよ」

「え？」

「あたしの大切なもの、あげる」

「で、でも……」

「いいの……慎ちゃんのこと、好きだから」

罪の意識にとらわれ、胸が締めつけられるほど苦しくなる。

ただ早熟というだけで、いたいけな少女を性の対象として見ていた自分が恥ずかしい。それでも淫情は収まらず、ペニスは勃起したままなのだ。

「……来て」

「う、うん」

日を跨いで、美人姉妹のバージンを奪うことになろうとは……。

腰を軽く突きだすと、英里香は苦痛の表情からまたもや身をよじった。

「い、痛いんじゃないの？」

「だ、大丈夫……あっ」

「おっ」

苛烈なクンニリングスが功を奏したのか、雁首が膣内に埋めこまれ、突如として圧迫感が消え失せる。

「は、入った」

「ンっ、ンぅぅっ」

「先っぽだけ入ったけど……平気？」

「うん……でも、あそこがすごく熱い」

「少しずつ挿れるからね」

少女はコクンと頷き、慎一は時間をかけて怒張を慎重に進めていった。

媚肉がときおりひくつき、胴体をギュッと締めつける。

やがて男根は根元まで埋没し、恥骨と恥骨がピタリと合わさった。

ついに、妹とも背徳の関係を結んでしまったのだ。

「あぁ……全部入ったよ」

「うん……あたし、大人の女になったんだね」

少女は目に涙を浮かべるも、儚《はかな》げな微笑を返す。

(やっぱり……英里香ちゃんもかわいいや)

現金にも、胸がときめくと同時にペニスの芯がひりついた。

「痛くは……ないの？」

「うん、それほど……」

「ホントに？」

「慎ちゃんのおチ×チン、熱くてビクビクしてる……あンっ」

腰をゆったり引き、結合部に視線を落とすも、ペニスに破瓜《はか》の血はついていない。

(こ、こんなことって、あるのか？)

十一歳の少女が、処女のふりをしているとは思えない。

何かしらの理由で、すでに処女膜が破れていたのか。

とにもかくにも、疼痛から泣きじゃくる様子はなく、獣じみた欲望は再び上昇気流に乗りだした。

「ゆっくり動くからね」

「……うん」

無理にでも気を落ち着かせ、まずはさざ波ピストンで様子をうかがう。

「ンっ……ンっ」

英里香は相変わらず苦悶の表情を見せ、ペニスにも抵抗感を受けていたが、ひりつきは次第に失せていった。

心なしか淫液が湧出し、肉幹に絡みついてきた気がする。少女の目元も赤らみ、微かに開いた口の隙間から湿った吐息がこぼれた。

「あっ、あっ……気持ち……いい」

「え？」

「気持ち……いいかも」

「マ、マジっ!?」

初体験から感じる女性の話はインターネットで聞きかじっていたが、まさか本当に存在するとは思っていなかった。

性欲パワーが完全回復し、俄然やる気が漲る。

「もう少し早く動いていい?」

「あ、待って」

「うん?」

「上になってみたい」

「……へ?」

「エッチって、いろいろな体位があるんでしょ? 女の人が上になる恰好、してみたいって思ってたんだ」

性的な好奇心が人並み以上なのはわかるが、初めての交情で騎乗位を求めてくるとは……。

(英里香ちゃんて、俺を上回るスケベなのかも)

しばし啞然とするも、慎一にとっても初めて経験する体位だけに期待は隠せない。

「わかった……じゃ、やってみようか」

細い肩に手を添え、上体をゆっくり起こし、まずは座位の体勢に取って代わる。

「大丈夫かな?」

「うんっ」

「あと、もうちょっとだからね」

なるべく刺激を与えぬように足を伸ばし、そのまま仰向けに倒れこめば、初の騎乗位体験に気が昂った。

(ああ、おっぱいもおマ×コもよく見えるし、けっこういいかも)

舌舐めずりしながら手を伸ばし、乳頭を指先であやしては転がす。

「あぁンっ」

やけに甘ったるい吐息が耳にまとわりつき、ペニスがジンジン疼きだした。

「はあはあ、動いて……いい?」

「もちろんだよ」

英里香は口元に手を添え、腰をこわごわ振りはじめる。

(とりあえず、こっちはじっとしていたほうがいいよな)

そう考えたものの、こなれだした粘膜が男根を揉み転がし、慎一は予想以上の快感に片眉を吊りあげた。

「ンっ、ンっ、ンぅ」

上下のピストンから前後のスライドに変化したとたん、少女の顔が愉悦に歪む。

どうやら、クリットを下腹にこすりつけているらしい。

今の彼女にとっては、至高の快楽を得られる絶好のポイントなのだろう。

「あっ、あっ、あぁン……いい、気持ちいいよぉ」

「む、むむっ」

腰のしゃくりが熱を帯び、愛蜜にまみれた膣襞が剛直を苛烈にこすりあげる。ぐちょぐちょに緩んだ肉洞の感触は、もはやバージン喪失直後とは思えない。

「あぁン、エッチがこんなに気持ちいいなんて……」

「あっ、ぐっ、あっ、ちょっ……くふぅぅ」

英里香は突然腰を激しく振りだし、慎一は顔を真っ赤にして仰け反った。

「あ、あぁン、いい、気持ちいいよぉ」

額から脂汗が滴り落ち、残像《ざんぞう》を起こすほどのスライドに目を剝く。

初体験から、これほど積極的に快楽を貪る女がいるのだろうか。しかも相手は、小学生の女の子なのだ。

目の前の少女は、まさにセックスの達人としか思えない。

のっぺりした肉土手が慎一の陰毛をジョリジョリとこすりたて、結合部からは粘着性の高い肉擦れ音が途切れなく響く。

すっかりこなれた膣襞がペニスを揉みくちゃにし、牡の証が睾丸の中で荒れ狂う。

(やばい、やばい！　出ちゃう!!)

このまま中出しするわけにはいかず、慎一は鬼の形相で頭を起こした。

全身の筋肉を強ばらせても役には立たず、熱い塊が濁流《だくりゅう》と化して押し寄せる。

「いやンっ！　イクっ！　イッちゃうぅぅンっ!!」

英里香は腰の動きをトップスピードに引きあげ、花蜜にまみれた淫肉をギューと収縮《しゅうしゅく》させた。

「あ、ぐうっ……だめだ！　英里香ちゃん、イッちゃうよっ!!」

「イクイクっ、イックぅンっ！」

こちらの声が届かないのか、少女は天を仰ぎ、悦の声を闇夜に轟《とどろ》かせる。

「あ、ぐおっ！」

騎乗位の体勢では、膣からペニスを容易に引き抜けない。快感のパルスに身が灼かれ、強引に抜き取ることすらできなかった。

「あっ、だめだ！　イクっ、イッちゃう、イックぅぅっ!!」

慟哭《どうこく》に近い声をあげた刹那、英里香はヒップを浮かし、タイミングよく結合をほどく。そして両足のあいだに腰を落とすや、蜜液にまみれた怒張に指を絡め、大きなストロークでしごいた。

「いいよ、いっぱい出して！」

「ぐ、おおおっ‼」

柔らかい指腹が、亀頭から根元までまんべんなく快美を吹きこむ。脳裏で膨らんだ白い光が破裂し、甘いしぶきと化して四方八方に飛び散る。

手首のスナップを利かせた手コキも、牝の本能の成せる業《わざ》か。

手のひらが雁首から鈴口を強烈に撫でさすった瞬間、慎一は呆気なく桃源郷《とうげんきょう》に放りだされた。

「ぐ、おおおっ！」

「きゃンっ、出た！」

苦しみの源が体外に排出され、臀部が何度もバウンドする。

熱い滴りは胸元から腹部に着弾し、慎一は解剖《かいぼう》されたカエルのように身をひくつかせた。

「あうっ、あうっ、あうぅぅっ」

陶酔《とうすい》のうねりに浸る最中も、少女は手コキをやめずにピストンを繰り返す。

「昨日より、量が少ないよ……もっと出るんじゃない？」

「で、出ない！　出ません！」

明らかに美玖相手の一発が原因なのだろうが、もちろん真相は告げられない。こそばゆい感覚が下腹部を覆い尽くし、慎一は泣き顔で悶絶《もんぜつ》した。

「そういうものなの？」

「そういうものです！　毎日、たくさんは出ないです!!」

「あ……なんかぴゅっと出たよ」

「もう勘弁して！」

さすがに耐えきれず、身を起こして英里香に抱きつく。そのまま押し倒せば、ようやく男根から手が離れた。

「あンっ」

「はあはあっ、はあぁぁっ」

動悸《どうき》が収まらず、全身の毛穴から大量の汗が噴きだす。少女は甘い視線を向けたあと、口元にソフトなキスをくれた。

「気持ち……よかった」

「お、俺も……でも、まさか初めてなんて……思わなかったよ」

「あたしも……最初からこんなに感じるなんて、考えてもなかった」

快感の余韻が肌の表面をピリピリと駆け抜け、極上の射精感に酔いしれる。細い身体を抱きしめ、満足げな笑みを浮かべる頃、次第に気持ちが落ち着いてきた。

心地いい倦怠感に伴《ともな》い、微かな眠気に見舞われる。

半日のあいだに、バージンの姉妹と男女の関係を結んでしまったのである。

肉体より、精神的な疲労のほうが大きいのかもしれない。

まどろみはじめたのも束の間、金切り声が耳をつんざき、慎一はギョッとして頭を起こした。

「ちょっと、あんたたち、何やってんの!!」

パラソルの後方に、髪をツインテールにした美玖がパジャマ姿で佇んでいる。美少女の顔は月明かりを受け、やたら青白く見えた。

「……お姉ちゃん」

「あ……あ」

破滅の覚悟はしていたものの、まさかこんなに早く訪れようとは……。

慎一は英里香を抱いたまま、ピクリとも動けずにいた。

第六章　夢の姉妹3Pパラダイス

1

「いったい、どういうことなのか、ちゃんと説明して」

美玖は英里香を自室に連れこむや、憤然として問い詰めた。

慎一は浴室に向かわせ、今頃はシャワーを浴びているはず。過激な下着を身に着けていたことから、まずは妹から話を聞きたいと考えたのだ。

「いいところだったのに……なんでいきなり現れるの」

夜中に目を覚ました美玖は用を足したあと、寝顔をひと目見たいと、慎一の部屋を訪れた。

ところが、寝床はもぬけの殻。浴室を確認してから英里香の部屋に向かい、彼女の姿もないことから悪い予感に心が乱れた。

まさか、ビーチでふしだらな行為に及んでいたとは……。

「説明してって、言ってるのよ」

「あたしもシャワー、浴びたいんだけど……」

そっぽを向き、悪びれた様子もなく答える妹をキッと睨みつける。

「第一、なんでお姉ちゃんにあれこれ言われなければならないの？」

「あんた、小学生でしょ！　そのいやらしい下着、どうしたの⁉　タンクトップとホットパンツだって、小さくなったから、もう着ないって言ってたじゃない」

「ショーツは、ママのを……借りたの」

「ええっ！」

思わず絶句し、呆然と立ち尽くす。

やはり、英里香のほうから誘いをかけたのだろうか。

「身体がべたついて、気持ち悪い」

「とにかく、パンツは脱いで。あたしのスカートとシャツ、貸してあげるから」

「いい、タンクトップとホットパンツ着るから」

「そんな汗だくじゃ、着られないでしょ……ちょっと待ってて」

チェストに向かい、引き出しからボタンシャツとフリルスカートを取りだす。

「サイズは大きめでゆったりしてるから、これなら気持ち悪くないでしょ？」

彼女はブスッとしたまま受け取り、胸や股間にあてがっていたタンクトップとホットパンツを床に放り投げる。そして衣服を身に着けてから、セクシーショーツを脱ぎ捨てた。

（やだ、スケスケだわ……ママが、こんなエッチなランジェリーを持ってたなんて）

クロッチの大きなシミは、遠目からでもよくわかる。

慎一も下半身丸出しで射精しており、二人が男女の関係に至ったのは間違いなさそうだ。

（ひどいよ、こんなことって……）

処女を捧げた相手が、数時間後に妹と淫らな行為に耽るとは……。

頭に血が昇り、あまりの怒りから目眩《めまい》を起こしそうだ。

「説明して！」

声を荒らげて近づくと、毒気に当てられたのか、英里香は怯《おび》えた表情で答えた。

「いい加減な気持ちじゃ……ないもん。慎ちゃんのこと、好きになったんだから」

「は、はあ？」

「相思相愛だよ。慎ちゃんだって、あたしのこと好きだって言ったんだから」

「そんなバカな話って、ないわ」

「どうして！　なんで、そう思うの!?」

「そ、それは……」

さすがに、バージンを捧げたとは言いづらい。つい目を泳がせると、妹はすぐさま険しい顔つきに変わった。

「ひょ、ひょっとして……お姉ちゃんも、慎ちゃんのことが好きだったの？」

「あ、あの……」

「おかしいと思ったんだ！　昼寝から覚めたら、二人の雰囲気がいつもと違うから！　慎ちゃんにも聞いたんだよっ」

「ど、どう聞いたの？」

「お姉ちゃんのこと、好きなのかって。そしたら特別な感情はない、イトコとして好きだって」

ぽかんとしたあと、怒りの矛先《ほこさき》が慎一に向かう。

二人の仲は秘密にしていたため、嘘をついたのはわからないでもないが、もちろん妹に手を出していい理由にはならない。

もし、最初から姉妹と関係を持とうと目論んでいたのなら……。

（絶対に許せないんだから！）

拳《こぶし》を握りしめた直後、英里香はためらいがちに核心を突いてきた。

「ひょっとして……エッチしたの？」

「……え？」

唐突な質問に戸惑うも、この状況では隠していても意味はなさそうだ。

「う、うん」

「やっぱり、あたしが昼寝してるとき!?」

「東京に……遊びにいったときも」

「ええっ！　でも、そんな時間……あっ、あたしが腹痛で病院にいたときか」

今度は英里香が唖然とし、二人のあいだに微妙な空気が流れる。

同じ時期に姉妹で一人の男と関係を結んだのだから、気まずいのは当然のことだ。

「誘ったのは……あんただよね？」

「しょうがないじゃん……二人がそんなことになってるなんて知らなかったんだから」

「はああっ」

どう対処していいのかわからず、美玖は大きな溜め息をついた。

「慎ちゃん、ひどい！　お姉ちゃんばかりか、あたしにまで手を出すなんて」

「でも、それは……」

「すっごい、やらしいことされたんだよ」

「え？」

「大股開きさせられて、恥ずかしいからやめてって言ったのに、あそこを弄られて舐められたんだから！」

収まりかけていた怒りが、またもや燃えあがる。

中学生の女子が男の生理を理解できるはずもなく、ただ理屈抜きでムカムカした。

「純情な乙女心を踏みにじるなんて許せない！」

淫らなランジェリー姿で誘惑する純な乙女が、いったいどこにいるのか。

呆れた顔をすれば、英里香はなおも気炎《きえん》を揚《あ》げた。

「お仕置きだね！　とっちめてやらないと、気が済まないもん!!」

「あ、ちょっ……」

彼女は眉尻を吊りあげ、大股で部屋を飛びだす。

「ま、待ちなさいよ！」

できることなら、慎一とは二人で話し合いたい。慌ててあとを追うも、英里香はすでに廊下の角を曲がっていた。

「待ちなさいったら！」

自意識の強い妹は聞く耳を持たず、廊下をズンズン突き進む。そして、あっという間に慎一の部屋に達した。

「相変わらず、マイペースなんだから。もう遅いし……明日にしよ」

「慎ちゃん、起きてる⁉」

「……あ」

まさに、処置なし。

困惑げな顔をした直後、返事の代わりに高イビキが聞こえ、美玖と英里香は思わず顔を見合わせた。

「ね、寝てるの？」

襖をそっと開けて中を覗きこめば、照明が煌々とついており、慎一が布団の上に大の字で寝ている。

「やぁン……真っ裸」

そばにはバスタオルが置かれており、シャワーを浴びたあと、横になっているあいだに寝てしまったのかもしれない。

どういう神経をしているのか、もはや言葉も出なかった。

英里香も同じ気持ちなのか、しばし惚けていたが、突然謎めいた微笑を浮かべる。

「な、何よ」

「いいこと思いついたの。おねえちゃん、リボン貸して」

「え？」

「片方だけでいいから」

また、何かしらの悪巧《わるだく》みを思いついたのか。

眉をひそめるも、彼女は手を伸ばし、リボンを強引にほどいて抜き取った。

2

（う、ううン、ご、ごめんなさい……全部、俺が悪いんです……だから、二人ともケンカしないで）

夢の中で、慎一は美少女姉妹のあいだに割って入って謝罪した。

美玖と英里香はねめつけ、怖い顔で間合いを詰める。

こわごわ後ずさったものの、足がもつれて倒れこめば、二人はためらうことなくペニスをグリグリと踏みつけた。

「あぁっ、痛い！　潰れちゃう、キンタマが潰れちゃうよ……あっ」

目を開けると天井が視界に入り、ようやく夢を見ていたことに気づく。

壁を見あげれば、時計の針は十一時半を回っていた。

(じゅ、十時間近くも……眠ってたのか？　いつの間に寝ちゃったんだろ)

疲労感はすっかり消え失せ、体調はすこぶるいいが、昨夜のことを思いだすと憂鬱《ゆううつ》になる。

あのあと、姉妹のあいだでどんな話し合いがされたのだろう。美玖から部屋で待っているように言われたのに、爆睡モードに入ってしまうとは……。

重ね重ねの不遜《ふそん》な対応に、彼女の怒りは頂点に達しているのではないか。

想像しただけで、恐怖心から身震いしてしまう。

(とりあえず……ひたすら謝るしかないよな。はああっ)

溜め息をつき、身を起こそうとした刹那、慎一は下腹部の違和感に気づいた。

「俺、真っ裸だ……あっ、何だよ、これ!?」

ペニスの根元を縛りつけた物体に驚嘆の眼差しを送る。

(この赤いリボン、昨日、美玖ちゃんが髪にしてたものだ)

話し合いが済んだあと、部屋を訪れ、爆睡している姿に憤慨《ふんがい》して括《くく》りつけたのかもしれない。

「あ、つつっ」

ペニスは朝勃ち状態のため、紐状によられた枷《かせ》が根元にがっちり食いこむ。

結び目がやたら固く、しかもリボンの端がハサミか何かで切り取られているため、いくら指に力を込めてもほどけそうになかった。

男根の疼痛が、先ほどの夢を見させたのだろう。

(マ、マジか……これ、どうやって外せばいいんだよ。カッターで、結び目を切り取るしかないかも)

あたりをキョロキョロ見まわすも、客間に文房具類が置いてあるはずもない。

(美玖ちゃんや英里香ちゃんの部屋なら……待てよ、俺の不誠実な態度に罰を与えたのだとしたら?)

勝手に外せば、さらなる怒りを買うことになるのではないか。

慎一は仕方なく、そのまま衣服を身に着け、襖を微かに開けて外の様子を探った。

家の中は静まり返っており、人の気配はまったく感じられない。

とにもかくにも、まずは誠心誠意謝り、根元の枷を外してもらわなければ……。

部屋をあとにし、息を潜《ひそ》めて廊下を突き進む。縁側からビーチを覗いてみたものの、二人の姿はどこにも見られなかった。

左に折れ、リビングの内扉に視線を送るも、磨りガラスから照明の明かりは漏れていない。

まさか、二人とも部屋にこもっているのだろうか。

（そんな激しいケンカしたのかよ……まずいなぁ）

慎一は忍び足でリビングに向かい、扉をそっと開けて中を覗きこんだ。

姉妹の姿はやはりなく、ひとまず安堵して入室する。

（ん？　テーブルの上にメモとサンドイッチが置かれてる）

こわごわメモを手に取ると、やたら丸っこい字が目に飛びこんだ。

〈お姉ちゃんとバーベキューの食材、買ってくるね　サンドイッチ食べて待ってて
英里香〉

どうやら、二人は買い物に出かけたらしい。

（ど、どういうことだ？）

状況が状況だけに、そう簡単に仲直りするとは思えず、逆に不安になる。

佇んだまま首をひねるなか、腹の虫が鳴り、慎一はサンドイッチに目を向けた。

根元の痛みが気になり、食欲を満たしている気分ではないのだが、リボンの枷を外してもらえるまで待ちきれない。

ラップを取り除き、トマトとキュウリ、タマゴとハムのサンドイッチを口の中に放りこむ。

「う、うまいっ！　あ、ぐっ」

がっつきすぎたため、喉に詰まり、慎一は慌ててキッチンに向かった。

冷蔵庫からミルクを取りだし、グラスに注いで一気に飲み干す。拳で胸を軽く叩き、胃に流しこんでようやくひと息ついた。

「ほわぁ、死ぬかと思った……でも、腹の虫は落ち着いたかも」

とりあえず洗面所に向かい、顔を洗って歯を磨く。

（さて、問題はこれからだぞ）

杏子の帰宅まで、あと一日。彼女にだけは、事の顛末《てんまつ》を知られてはならない。

沖縄の大学進学はおろか、倉橋家との交流自体が断絶しかねないのだ。

最悪の結末だけは、何としてでも避けなければ……。

（まずは……土下座かな。どんな非難でも受けないと）

明るい性格の英里香ならまだしも、生真面目な美玖におちゃらけた言い訳は通用しない。怒り心頭《しんとう》に発しているのは間違いなく、このあとの展開を想像しただけで身が凍りつく。

（ああっ……自業自得とはいえ、気が重いよ）

慎一は溜め息をこぼし、暗澹《あんたん》たる気持ちで洗面所をあとにした。

3

（ふふっ、慎ちゃん、今頃、どんな顔してるんだろ？　起きたとき、びっくりしただろうな）

想像しただけで、胸がワクワクしてくる。

英里香は食材を手に、ひと足先に自宅へ戻った。

美玖と慎一の関係を知ったときはショックだったが、一日経ち、気持ちはすっかり切り替えている。

姉と恋の鞘当《さやあ》てをするつもりはなく、本当に好き合っているなら身を引くつもりだ。

（お姉ちゃんのこと、大好きだもん！　それに……）

今は恋愛感情よりも、性的な好奇心のほうが勝っている。

淫らな仕置きはどんな苦痛を与えているのか、一分一秒でも早く確認したかった。

（あたしって、ホントにエッチ！）

このあとの対応はすでに頭に思い浮かべており、もちろん美玖には内緒だ。

（たくさんいじめて、たっぷり反省させないと）

誘いをかけたとき、美玖との関係を正直に告げてくれたら、あんなことにはなっていなかった。

しかもその前には杏子の下着を盗んでいたのだから、とんでもない浮気男だ。

姉が泣く顔は見たくないし、二度と同じ過《あやま》ちは繰り返させない。

（まあ……あたしも反省するとこはあるけど……）

舌をペロっと出しながら玄関扉を開け、家に上がるや、廊下を早足で突き進む。

「あっ⁉」

「……あ」

廊下の曲がり角から出てきた慎一と鉢《はち》合わせし、俗物的な期待に胸が高鳴った。

彼は気まずげな顔をし、腰をもじもじさせる。

おそらく、ペニスの枷はまだ外していないのだろう。

もちろん、美玖とどんな話し合いをしたのか、早く知りたいだろうことはすぐにわかった。

「お、おはよう……サンドイッチ、おいしかったよ」

「もう昼だよ。ずっと寝てたの？」

「うん……あの、美玖ちゃんは？」

「バーベキューの用意をしにいったよ」

縁側に視線を振れば、美玖が炭火の入った袋をビーチに運ぶ姿が見える。

「バーベキュー、やっぱりやるんだ」

「三人で過ごす最後の夜だもん」

「俺も……手伝ったほうがいいかな？　バーベキューセットも、運ばなきゃいけないんでしょ？」

「お姉ちゃんに任せておけば平気だよ。それよりもこっちの荷物、ひとつ持ってよ。冷蔵庫に入れなきゃならないんだから」

「あ、そうか……ごめん」

英里香は食材の入ったビニール袋を手渡し、さっそくリビングに向かった。

美玖が戻ってくる前に、昨夜の仕置きがどんな状態なのか、ちゃんと確認しておかなければ……。

「中身を出して、あたしに渡して。どんどん入れちゃうから」

「……うん」

冷蔵庫を開け、息もつかせずに肉や野菜、焼きそばなどを詰めこんでいく。

「これで、よしと！」

振り返りざま微笑をたたえれば、慎一はそわそわと落ち着きなく肩を揺すった。

「あ、あの、俺、うっかり寝ちゃったみたいだけど、美玖ちゃんとはどんな話を……」

「お姉ちゃん、すっごい怒ってたんだから」

「えっ？」

「もうなだめすかすのに、大変だったんだよ」

「そ、そうだよね……そりゃ、怒って当たり前だよね……二人はケンカにならなかったの？」

「お姉ちゃんとは何でもないって、嘘ついたでしょ？　そのことを話したら、冷静になってくれたわ」

「そ、そう……よかった」

とりあえずは姉妹仲を心配しているみたいだが、姉の対応がよほど怖いのか、顔色は優《すぐ》れない。

「あの、俺のことは……」

「だから、なだめたって言ったでしょ！　エッチな下着穿いてたから、あたしのほうから誘ったってこともばれちゃったし」

「えっ、すると？」

慎一は顔をパッと輝かせるも、そう簡単に安心感は与えない。

心の底から反省するよう、もっといじめてやるのだ。

「でね、最後に三人で話し合おうってことになったんだけど、部屋に行ったら、グースカ寝てるでしょ？」

「なんか、すごく疲れて、自分でも知らないあいだに寝ちゃったんだ」

「お姉ちゃん、またムッとしちゃってさ」

慎一はまたもやシュンとし、表情が壊れた信号機のようにくるくる変わる。

「これはまずいと思って、とっさにお仕置きしちゃえって言ったの」

「あ、あれ、英里香ちゃんだったの⁉」

「まさか……外してないよね？」

「外したくても固く縛ってあるし、指でつまむ部分もないから……」

英里香は内心ほくそ笑み、性的な好奇心をいっそう膨らませた。

熱い視線をハーフパンツの中心に向け、唇の隙間で舌先をスッとすべらせる。

「あたしに感謝してよね」

「あ、ありがと……英里香ちゃんは……怒ってないの？」

「そりゃ、ショックを受けたよ。でもね、まだ好きになりかけてた段階だし、お姉ちゃんが慎ちゃんのこと好きなら、引くしかないじゃん」

「そ、そう……ごめん。俺、ホントに浮ついてたよね」

「うん！　そこは、まだ許せないよ。まあ、これからたっぷり反省してもらうから、いいけど」

「……へ？」

「おチ×チン、出して」

「あ、あの、どうして、そういう話に？」

「いいから早く」

「でも、それはまずいんじゃ……」

リビングから美玖の姿は確認できないのに、慎一は窓の外をチラチラ見てはうろたえる。

「木があるんだから、この位置からじゃビーチは見えないよ」

「だ、大丈夫かな?」

「大丈夫! そんなことより、お姉ちゃんと仲直りさせてあげる」

「え?」

「あたしと家に入ってこなかったのは、慎ちゃんと顔を合わせたくない心理が働いてるんだと思う。簡単に許せないのは仕方ないでしょ? あんな場面を見たら」

「……うん」

「だから、ひと肌脱いであげようって言ってるの。その代わり、あたしの言うこと、絶対逆らったりしたらだめだよ。わかった?」

「うん……わかった」

瞳は不安に揺れていたが、今となっては藁《わら》にも縋《すが》る思いなのだろう。彼は不承不《ふしょうぶ》承《しょう》領き、英里香は目をきらめかせた。

「そのためには、リボンが外されていないか、ちゃんと確認しておかないと。グズグズしてると、お姉ちゃんが戻ってきちゃうよ」

「あわわっ」

脅しをかけると、慎一は慌ててハーフパンツの腰紐をほどき、紺色の布地を下着ごと捲り下ろした。

リボンで括られたペニスがポロンと飛びだし、うれしげな悲鳴をあげる。

「やぁンっ、まだ縛ったまんま！」

「だから、ほどいてないって言ったじゃん……ひどいよ、こんなの」

「しょうがないでしょ。慎ちゃんが嘘ばかりつくから、いけないいんだからね」

「これ、どうやって外すの？」

「ううん、皮膚に食いこんじゃってるし、結び目をカッターで切る取るしかないかな」

「えっ？」

恐怖に見舞われたのか、慎一は顔色を失い、腰をぷるぷる震わせた。

「小さいままだね」

「……あ」

息を吹きかけてから指でつつくと、ペニスがぐんぐん鎌首をもたげていく。とたんにリボン紐が食いこみ、不誠実なイトコは顔をしかめて身をよじった。

「あ、ぐっ、ぐう」

性的な昂奮を抑えようとしているのか、目を閉じ、内股から歯を食い縛る。

ペニスの膨張は半勃ちの状態で止まり、慎一は涙目で大きな息を吐いた。

「ふふっ、面白い」

「はあはあっ」

「昨日、昼間にお姉ちゃんとしたんでしょ？　夜はあたしとして、まだおっ勃っちゃうんだ？」

「そう言われても、こればかりはどうしようもないんだ。たっぷり寝たせいか、体調もいいし」

「一日寝たぐらいで、溜まっちゃうものなの？」

「それは、わからないけど……」

英里香はその場にしゃがみこみ、頭を垂れだしたペニスを注視した。

「ふうん、今日はたっぷりしゃぶってあげようと思ったのに」

「……え？」

「お姉ちゃんと相談して、二人でエッチなお仕置きしようってことになったんだよ」

「そ、それ……本当？」

「ホントだよ。そのリボン括りつけたとき、お姉ちゃんだってそばにいて、止めないでじっと見てたんだから。でね、このおチ×チンがいちばん悪いって。エッチなお仕置き、たくさんしなきゃって言ってたよ」

「エ、エッチな……お仕置き」

「あたしも、いろいろと考えたんだ。紐を外さないまま、おチ×チン叩いたり、めちゃくちゃおしゃぶりしたり」

「あ、あ……」

男根が再び膨らみはじめ、裏筋に太い芯が注入されていく。喜び勇《いさ》んだ英里香は、横座りの体勢から片足を高々と上げた。

「パンツ、穿いてないの」

「えっ!?」

「スカート捲ると、あそこが丸見えになっちゃうんだから。今日は明るいとこで、隅々まで見せてあげようと思ってたんだよ」

わざと色っぽい声を出し、潤んだ瞳で見あげれば、ペニスの頭頂部が天を睨みつける。慎一はすかさず腰を折り、狂おしげな呻き声をあげた。

「あ、ぐうっ……エ、エッチなこと……言わないで」

「タマタマ、触ってあげようか？」

「ぐはっ！」

目を剝いた表情が面白く、ますます昂奮させたくなる。英里香は亀頭冠をつまみ、クリクリとこねまわした。

「あ、おおっ」

「すっごい……血管がこんなに浮きあがっちゃって。石みたいにコチコチだよ」

赤黒く膨張したペニスを目の当たりにすると、胸がモヤモヤしてくる。この肉根が膣の中に侵入し、意識が飛ぶほどの感覚を味わったのだ。

（やぁン……濡れてきちゃった）

バキバキ状態の棍棒を挿れたら、今度はどれほどの快感を与えてくれるのだろう。今すぐにでも試したいが、残念ながら時間的余裕はない。

「こっちに来て」

「……あ」

英里香は手を摑み、キッチンからテーブルに向かった。

「ちょ、ちょっ……」

慎一は膝までズリ下がったパンツを手で押さえ、前のめりの体勢でついてくる。

「ど、どこ行くの？」

「どこにも行かないよ」

英里香は身をくるりと反転させ、窓際に近いテーブルの端にぴょんと飛び乗った。

大股を開き、スカートを見えそうで見えないギリギリの線までたくしあげる。

「……おっ」

慎一は目を輝かせ、すかさず身を屈めて覗きこんだ。

（ホントにエッチなんだから）

甘くねめつけるも、どこか憎めず、真面目な姉が好きになるのもわかる気がする。

少女はクスリと笑うと、あえて抑揚《よくよう》のない口調で指示を出した。

「ここからなら、ビーチの端と玄関口までが見えるでしょ？　お姉ちゃんが戻ってきたときもわかるはずだよ」

「……うん」

「触って」

慎一はそれでも不安なのか、困惑していたが、スカートの裾をさらに捲ると目を据わらせ、右手を股の付け根に伸ばす。

指先が愛のベルに触れた瞬間、青白い電流が背筋を駆け抜け、意識せずとも艶っぽい声が口から洩れた。

「あぁン」

膣襞の狭間から熱い潤みが溢れだし、内腿が早くもひくつきだす。足を目いっぱい広げれば、指はスリットを往復し、にちゅくちゅと卑猥な音が響いた。

「き、気持ちいい」

「……ぐっ」

ペニスがビンビンになり、リボンの枷が慎一に苦痛を与える。それでも指の動きは止まらず、女のホットポイントを中心に多大な快美を吹きこんだ。

「はあ、やっ、はぁあぁっ」

「す、すごい、ヌルヌルがどんどん出てくる」

「あぁン……すぐにイッちゃいそう」

来たるべく瞬間に身構えたとたん、指先が膣の入り口にあてがわれ、ほじくるように埋めこまれていった。

「あ、ひっ⁉」

驚いて見下ろせば、淫裂からとろみがかった愛蜜がぐちゅんと溢れでる。

慎一は目を血走らせ、ためらうことなく指のピストンを繰りだした。

「ン、ふっ！」

指腹が膣天井を研磨《けんま》し、全身が宙に浮くような感覚に酔いしれる。

脳の芯がビリビリ痺れ、開け放った口から今にも涎がこぼれ落ちそうだ。

抜き差しを繰り返す指は瞬く間に照り輝き、濁音《だくおん》混じりのふしだらな抽送音が室内に反響した。

「あン、やっ、いい、気持ちいぃ」

「はあはあ、くっ、くっ」

エッチなイトコは顔を真っ赤にし、腰を切なげにくねらせる。

ふたつの肉玉がクンと持ちあがり、鬱血した男根は下腹にべったり張りついたままだった。

「あぁン、ホ、ホントにイッちゃう」

腰をぶるっと震わせたところで、慎一はなぜか空いた手を秘園に伸ばす。親指がクリットを撫でさすった瞬間、弾けるような快感が股間から脳天を突き抜けた。

「ひぃぃぃうっ⁉」

右手の中指は相変わらず膣壁をこすりあげ、徐々にスライドの速度が増していく。

思いも寄らぬ二点攻めに抗えず、英里香はソプラノの声を張りあげた。

「くっ、はっ、やぁあぁぁあぁっ」

目の前が霞《かす》みだし、女の中心部で快感の風船玉が膨らんでいく。

生毛が逆立ち、体内に生じた熱の波紋で思考が溶ける。

「あ、潮を吹いた！」

言葉の意味がわからず、虚ろな視線を股間に向けると、恥割れから透明な液体がチャプチャプと湧きだしていた。

（な、何……おしっこ？）

急に恥ずかしくなり、苦悶の表情で身をよじるも、両の指は止まることなく性感ポイントを刺激した。

「し、慎ちゃん、やめて、やめて」

慎一は聞く耳を持たず、膣前庭とクリットを執拗にこねまわす。

息の長い快美が延々《えんえん》と続き、英里香はとうとう官能の奈落に引きずりこまれた。

「く、はっ……イクっ、イクっ」

「あっ⁉」

まさに絶頂寸前、スライドがストップし、不埒な指先が膣から抜き取られる。陰核に押し当てられた指も離れ、気勢をそがれた少女は切なげに空腰を振った。

「……あンっ！」

「や、やばい！　美玖ちゃんが戻ってくる!!」

「あぁン、もうちょっとでイキそうだったのに」

「それどころじゃないよ！」

慎一が慌ててパンツを引きあげ、英里香も仕方なくテーブルから下り立つ。

床にはお漏らしの水溜まりができており、さすがに泡を食った。

「やだ、拭かないと！」

慌ててティッシュを手に取り、恥辱の残骸《ざんがい》を拭き取るあいだ、優柔不断《ゆうじゅうふだん》なイトコはただ右往左往《うおうさおう》しているだけだった。

（やめてって言ったのに、言うこと聞かないなんて……また、お仕置きだね！）

ムッとした表情で立ちあがり、ティッシュをゴミ箱に捨てて睨みつける。

「いい？　さっきも言ったけど、あたしのすることには黙って従《したが》うんだよ」

「う、うん……でも、美玖ちゃんがもう来ちゃうよ。今のこの状況を、どう説明すれば……」

「あたしは慎ちゃんを責めるふりするから、シュンとしてて。でね、あたしがウインクしたら、お姉ちゃんのことが好きだって言うんだよ」

「……え？」

今は、じっくり説明している暇がない。

英里香は上体をやや屈め、強い口調で念を押した。

「わかった⁉」

「わ、わかった」

慎一がコクリと頷いた直後、リビングの扉が開き、美玖が難しい顔で姿を現す。

同時に彼の唇が青ざめ、見るからに頬が強ばった。

4

（こ、怖い……どうしたらいいんだよ）

美玖の顔を見られず、俯き加減で肩を震わせる。

ほんの数分前まで、またもや英里香と淫らな行為に耽っていたのだから、気づかれるのではないかとハラハラするのは当然のことだ。

性欲はすっかり怯んでいたが、海綿体に注入された血液は根元の枷に遮《さえぎ》られ、いまだに半勃起を維持したままだった。

「あ、お姉ちゃん……慎ちゃん、起きてたから、今とっちめてたところだよ」

妹の言葉に姉は何も答えず、ゆっくり近づいてくる。

（あぁ……また殴られるかも）

心臓を萎縮させた瞬間、やけに落ち着いた声が耳に届いた。

「英里香……あたしのリボンはどうなったの？」

「えっ、あぁ……あの状態じゃ、ほどくのは無理だと思うけど……慎ちゃん、外してないよね？」

「う、うん」

コクリと頷き、両手で股間をそっと隠せば、カッターナイフが視界に入った。

「私の部屋から持ってきたの……外してやって」

「でも……」

「かわいそうでしょ」

声のトーンを耳にした限り、怒っているとは思えない。

恐るおそる顔を上げると、美玖は冷静な表情でナイフを英里香に手渡した。

「外してあげて」

「ちょっと待って！　その前に、ちゃんと確認しておきたいことがあるの」

妹はそう言いながら向きなおり、目でさりげない合図を送る。

（そ、そうだ……英里香ちゃんの言うことには逆らっちゃいけないんだっけ）

何を考えているかはわからないが、今は彼女に頼るしかない。緊張に身構えるや、英里香は一歩前に進み、やや怒気を孕んだ顔つきで言い切った。

「今日は、はっきり答えてもらうからね。嘘は絶対につかないこと。いい？」

「は、はい」

「ママのことは、どう思ってるの？」

「……へ？」

想定外の質問にぽかんとし、美玖をちらりと見やる。姉にとっても意外だったらしく、妹に訝しみの目を向けていた。

「どうなの？」

「どうって言われても……」

この二日間、美人姉妹と三人だけの生活を過ごし、杏子のことはほぼ頭に浮かばなかった。

もとより、美熟女相手の童貞喪失など見果てぬ夢だったのだ。

「何とも……思ってないよ」

「ホントに？」

「うん、本当だよ」

「ママの前で、それ言える？　前は好きだったけど、今は好きじゃないって」

天真爛漫な少女は、いったい何を考えているのか。

慎一は首を傾《かし》げつつも、正直に答えた。

「そりゃ、いきなりそんなこと言いだしたら、杏子さん、びっくりしちゃうだろうけど……お望みとあらば、はっきり言えるよ」

真摯な態度で答えると、英里香はここで謎めいた微笑を浮かべた。

背筋に悪寒が走り、手のひらがじっとり汗ばむ。

「それじゃ、あたしとお姉ちゃん、どっちが好き？」

「……え!?」

本音を言えば、どちらも好きなのだが、この場で優柔不断な言葉を返すわけにはいかない。

「ちょっと、あんた、何言ってんの！」

「お姉ちゃんは、黙ってて！　ここで、はっきりした答えを聞くんだから」

どう対処したら、いいのか。

困惑げに顔を歪めるも、慎一はすぐに先ほどの英里香との約束を思いだした。

（そ、そうだ……お姉ちゃんのほうが好きだと言えって指示されたよな）

それが今、このときなのではないか。

ところが、いつまで経っても、英里香は合図のウインクを出さない。

（な、何だよ……どういうことだ？　まさか、罠にはめようってんじゃ……）

大きな不安に震撼《しんかん》した刹那、小悪魔な妹は目をキラリと光らせた。

「そう、ママのことはすぐに答えられたのに、あたしとお姉ちゃんのどちらが好きかは答えられないいんだ。やっぱり慎ちゃんて、あっちふらふら、こっちふらふらのコウモリ男なんだね」

「あ、あ……」

「お姉ちゃん、どうする？」

「ど、どうするって……」

「あたし、思ったんだけど、決めあぐねてるみたいだから、どちらが慎ちゃんを気持ちよくさせることができるかで判断してもらうのはどう？」

「ええっ⁉」

慎一と美玖は同時に驚きの声をあげ、唖然呆然とした。

能天気な少女は、なんということを考えるのか。

二人と淫らな関係を結んだところで決められるはずもないし、それ以前に真面目な美玖が了承するはずがない。

案の定、姉は柳眉《りゅうび》を逆立て、唇を不満げに尖らせた。

「いやよ、そんなの！」

慎一も同感だが、美少女二人との３Ｐシーンが頭を掠めただけで股間の逸物がピクリと反応した。

（そうだ、俺は英里香ちゃんの提案を拒絶できないんだっけ。でも……）

美玖がその気にならなければ、英里香の計画も無意味なものになる。他に、姉を焚《た》きつける妙案《みょうあん》があるのだろうか。

「とりあえず、リボンの紐は外さないとね。お姉ちゃん、やって」

「やだ、そんな危ないこと！　あんたがやったことなんだから、自分でやって」

「もう……しょうがないなぁ。慎ちゃん、パンツ脱いで」

「……あ」

どうすれば、いいのか。

縋りつくような視線を送れば、美玖はムッとした顔をしてから背を向ける。

(あぁ、これじゃ、ますます嫌われちゃうんじゃ？)

慎一は仕方なくパンツを下着ごと下ろし、足首から抜き取った。

「Tシャツも邪魔だから、脱いじゃって」

「えっ、上も？」

「そっ、繊細《せんさい》な作業なんだから」

抵抗感はあるものの、拘束を外してもらわなければどうしようもない。

言われるがままシャツを頭から抜き取り、すぐさま股間を手で隠す。

「手……どけなきゃ、切れないでしょ？」

「あ、う、うん」

美玖が振り向くことはなかったが、聞き耳は立てているようだ。

彼女をチラチラ見やりつつ、手をゆっくり離せば、ペニスは三分勃ちといったところで痛みは感じない。

ところが何を考えているのか、英里香は手を伸ばし、手のひらで裏茎をペチペチと叩いた。

「……あ」

男根が上下に振られ、振動が心地いい感触を与える。

再び海綿体に血液が集中し、牡の肉は瞬く間に体積を増していった。

「やだ……なんで、大きくさせてんの？」

「く、ぐうっ」

リボン枷がまたもや根元を締めつけ、錐《きり》でつついたような痛みに唇を歪める。

「ちょっと……結び目が皮膚の中に食いこんじゃったじゃない。小さくさせなきゃ、切れないでしょ？」

萎えていた逸物を、誰が勃起させたのか。

悪戯っぽい笑みを浮かべる少女を涙目で見下ろすも、もちろん非難の声はあげられない。

「やらし……こんなときに何を考えてるの？」

英里香は侮蔑《ぶべつ》の言葉を投げかけ、カッターの刃をキリキリと伸ばした。

銀色の鈍い光が目を射抜き、恐怖心に心臓が縮みあがる。蛇に睨まれたカエルのごとく身が竦み、ペニスはみるみる萎えていった。

「うん、これなら大丈夫かな？」

美少女は腰を落とし、人差し指と親指で小さな結び目をつまんだ。

「いい？　絶対に動いちゃだめだよ」

コクコクと頷き、息を大きく吸ってから身体の震えを止める。

英里香は紐を皮膚から浮かせ、カッターナイフを結び目の真下に差し入れた。

(チ×ポを切られたら、使い物にならなくなっちゃうかも)

血が凍りつきそうな緊張に耐えるなか、刃が微かなスライドを始め、ほつれた糸が脇から飛びだす。

「もうちょっとだよ」

「……ああ」

「あ、取れた」

結び目が切断されたとたんに枷が緩み、慎一はようやく安堵の吐息をこぼした。

リボン紐がシュルシュルとほどかれ、えも言われぬ解放感が身を包みこむ。

根元には痣《あざ》がくっきり残り、ペニスは相変わらず萎えたままだった。

「やぁン、皮がちょっと擦りむけてる……痛くない？」

「あ、うん、大丈夫だよ……あ」

英里香はカッターをテーブルに置き、肉槍に顔を近づけてから舌をちょこんと突きだす。

傷口を優しく舐めあげられ、慎一はこそばゆさに腰をひくつかせた。

「む、むむっ」

呻き声をあげるたびに、美玖の形のいい耳がピクンと動く。

今度は舌先が裏茎から縫い目、雁首を這いまわると、性感がいやが上にも回復の兆《きざ》しを見せた。

牡の本能はとどまることを知らずに膨らみ、あっという間に完全勃起を取り戻す。

「ちょっと、何よ、またおっきくさせて」

直接的な刺激を受ければ、身体が反応してしまうのは仕方がない。英里香の目論見がまったく理解できず、今はひたすら戸惑うばかりだ。

美玖は依然として背を向けたまま、細い肩を小刻みに震わせていた。

怒っているのか、泣いているのか。

「反省してるとは思えないんだけど……もしかして、しゃぶってほしいの？」

「い、いや、それは……」

「どうして勃起させているのか、正直に話して」

「そ、そんなこと言われても……」

進退窮まった瞬間、英里香は右の目をパチンと瞬きさせた。

(あっ！　ウインクだ!!)

まさか、この状況で合図を送ってこようとは思わなかった。

口の中に溜まった唾を飲みこみ、口をパクパク開く。

「なんで大きくさせてるのかって、聞いてるの！」

「み、み、美玖ちゃんが……」

「え？　お姉ちゃんが、どうしたの？」

「美玖ちゃんが……好きだから」

「はあ？　お姉ちゃんがいるから、エッチな気持ちになったってこと？」

「そ、そう、そうです！」

「お姉ちゃんに、しゃぶってほしいんだ？」

「は、はいっ」

英里香は右手でオーケーサインを作り、美玖に向かって呼びかけた。

「慎ちゃん、あたしじゃなくて、お姉ちゃんのことが好きなんだって……しゃぶってあげたら」

「い、いやよ……そんなの」

「やだ……ビンビンになってる。そんなに、お姉ちゃんのことが好きなの？」

「は、はいっ、好き！　大好きですぅ!!」

妹の企《たくら》みがはっきりわかり、声を大にして心情を告げる。

「やぁン、先っぽから変な汁が出てきたよ」

「お、くっ」

ペニスを激しくしごかれ、鈴口から先走りの汁が滲みだすと、妹はさらに姉の心を刺激する言葉を投げかけた。

「あぁン、皮が剝けて、ツルツルの先っぽが出てきた。見て、太い血管がびっしり浮きあがってる」

「あ、くふっ」

前触れ液が細い指の隙間に滴り落ち、にっちゃにっちゃと猥音を奏でる。

やがて好奇心を抑えられなくなったのか、美玖はためらいがちに振り返り、吐息混じりの艶声を放った。

「……あぁ」

性的な昂奮に駆り立てられていたのか、顔は首筋まで真っ赤だ。

妹は勝ち誇った表情を装い、可憐な唇をペニスにゆっくり寄せる。

「いいの？　あたしが慎ちゃんのおチ×チン、しゃぶっても？」

姉は眉をハの字に下げたあと、早足で近づき、妹を押しのけてしゃがみこんだ。

「きゃンっ」

「……あっ⁉」

肉胴に指が巻きつき、手前にグイッと引っ張られる。

腰が自然と突きだされるや、美玖は男根をがっぽり咥えこみ、しょっぱなから猛烈な勢いで首を打ち振った。

「あ、おおおっ」

ぬっくりした口腔粘膜が、ペニスをまんべんなく覆い尽くす。

柔らかい上下の唇が肉胴をこれでもかとしごきあげ、口の隙間から清らかな唾液がだらだら滴り落ちる。

ちゅぶちゅぶ、ちょばっ、ぢゅるぷ、ぐぽぉ、ぢゅももっ、ぢゅるるるっ‼

派手な吸茎音が室内に轟き、慎一は腰が持っていかれそうなバキュームフェラに顔をくしゃりと歪めた。

姉の積極的な行動は予測していなかったのかもしれない。妹は傍《かたわ》らでしばし呆然としていたが、こちらも頬を赤く染めていった。

「あぁン、お姉ちゃん……やらし」

「ンっ！　ンっ！　ンっ！」

「あ、おおおぉぉっ」

甘酸っぱい淫臭があたり一面に立ちこめ、射精欲求がのっぴきならぬ状況に追いつめられる。英里香も性感を煽られたのか、悩ましげな顔ですり寄り、ペニスの根元に指を絡めた。

「お姉ちゃん、もう我慢できないよ。あたしにも……いいでしょ？」

「ぷふぁ」

姉は怒張を口から抜き取り、宝冠部を妹に向ける。

（……えっ⁉）

血迷ったのか、それともあまりの昂奮から正常な判断力をなくしたのか。

英里香は迷うことなくしゃぶりつき、美玖は顔を沈めて陰嚢に唇を押しつけた。

そのまま吸引力を上げ、圧力に耐えられなくなった片キンが口の中にすっぽり吸いこまれる。

「く、ほぉぉぉっ！」

睾丸を舌が這いまわり、口中で揉み転がされると、慎一は魂を抜き取られそうな感覚に奇声を発した。

掟破りの玉吸いに両足が震え、意識せずとも爪先立ちになる。英里香は男根をぐっぽぐっぽと舐めしゃぶり、とろとろの唾液が肉胴を伝って滴り落ちた。

「はあぁぁン……あたしも」

「あ、ンぅっ」

美玖が皺袋を吐きだし、男根を奪い取るや、ふっくらした唇を頭頂部に被せていく。

「お姉ちゃん、ずるい！　さんざんしゃぶったでしょ！」

妹はペニスの横べりからかぶりつくや、ハーモニカを吹くように唇をすべらせ、剛槍が臨界点まで反り返った。

（あ、ああ……ダ、ダブルフェラチオだ）

二人は交互に肉筒を舐りまわし、至高の口唇奉仕に気が昂る。

臀部の筋肉を引きしめても、快楽の高波は次々と押し寄せ、自制という防波堤を突き崩すのだ。

白濁のマグマはすでに火山活動を始め、今や爆発寸前まで達していた。

「あ、ああ、だめだ、た、立ってられない……イクっ、イッちゃうよ」

足をガクガクさせ、放出間近を訴えれば、美玖は剛直を口から抜き取る。

腰が抜け、その場にへたりこむと、女豹《めひょう》のようにのしかかれ、慎一はもんどり打って倒れこんだ。

「……あっ」

姉はタンクトップを頭から抜き取り、デニムのパンツを下着もろとも脱ぎ捨てる。

白い乳房とビーナスの丘に目が奪われ、心臓がドキンと高鳴った。

美玖が腰を大きく跨ぎ、ペニスを垂直に起こす。濡れそぼつ割れ目に先端をあてがい、ヒップをゆっくり沈める。

妹は斜め後ろに女座りし、熱い眼差しを恥部に注いだ。

「あ、やンっ、慎ちゃんのおチ×チンが、お姉ちゃんの中に入っちゃう」

「あ、あ、あ……」

雁首が膣口を通り抜け、傘のように開いた肉唇が胴体をすべり落ちる。同時にねとねとの膣内粘膜が怒張にへばりつき、巨大な快楽が下腹部全体に吹き荒れた。

「ぬ、おおおっ」

「は、はあぁぁン」

美玖は甘ったるい声をあげたあと、ゆったりしたピストンを開始する。

すでにこなれた柔肉が男根を引き絞り、気持ちいいことこのうえなかった。

「やだ……入ってるとこ、丸見えだよ」

英里香はか細い声で言い放ち、右手を自身の股ぐらに忍ばせる。妹の秘園も充血し、指がスライドするたびに蜜液がぐちゅぐちゅと淫らな音を響かせた。

「はあ……いい、気持ちいい」

美玖がヒップを振りはじめ、硬直の逸物が膣の中への出入りを繰り返す。

男根は瞬く間に愛液にまみれ、抵抗やひりつきはまったく感じなかった。

腰の回転率が徐々に増し、収縮を始めた媚肉が胴体をキュッキュッと締めつける。

歯を食い縛って堪えたものの、上下のピストンが加速すると、心地いいバイブレーションが波状的に襲いかかった。

「ああ、ああ、いいっ、いいっ！」

「ぐ、ぐおぉ」

ヒップが太腿を軽やかに打ち鳴らし、温かい雫が会陰まで垂れ落ちる。

絨毯に爪を立てても悦楽からは逃れられず、荒波に揉まれる小舟のように為《な》す術《すべ》もなかった。

「すごい……慎ちゃんのおチ×チン、真っ赤っかだよ」

英里香の声は完全に上ずり、息もやたら荒い。

もはや眺めているだけでは満足できないのか、ペニスの根元を指でつまみ、はたまた陰嚢や裏茎を手のひらで撫であげた。

「あ、ぐっ！」

「きゃふぅっ！」

背筋を性電流が駆け抜け、総身を跳ねあげる。腰が自然と浮き、肉の核弾頭が子宮口を撃ち抜く。

「ひっ、イクっ、イクイクっ、イッちゃう！」

「あああっ、イグっ、イッグぅぅぅっ!!」

慎一と美玖はほぼ同時に悦の声を発し、高みに向かってのぼりつめた。

姉は腰を大きくわななかせ、身を屈めて赤子のように抱きつく。妹が膣からペニスを抜き取り、上下にしごいたところで思考が雲散霧消《うんさんむしょう》する。

「ぬ、おおぉぉっ」

足の爪先を内側に湾曲《わんきょく》させ、熱い塊を心おきなく体外に放てば、全身の細胞が歓喜に打ち震えた。

「きゃン！　飛んだ!!」

「おっ、おっ、おっ」

低い呻き声をあげるたびに射精が繰り返され、脳幹が鮮《あざ》やかなバラ色に染まる。

「ヤン、まだ出る！　すごい、すごいよ、噴水みたい！」

「ン、ンふうっ」

「あ、お姉ちゃんのお尻にかかっちゃった」

いまだに快楽の余韻に身を委ねているのか、美玖は鼻にかかった声をあげ、真横に崩れ落ちていった。

いったい、何回射精したのか。

心臓が痛いくらいに暴れ、肌が大量の汗で濡れ光る。

ようやく放出がストップし、肩で息をしながら目を閉じるも、英里香はなぜかペニスを執拗にしごいた。

「あ、あ、あ……」

肉悦が失せると同時に痛痒《つうよう》感が生じ、驚きの表情で頭を起こす。

「ちょっ、ちょっ、もう出ないよ」

「だめ、まだまだ出るでしょ？」

「む、無理だよ……あ、おおおぉぉっ」

好奇心旺盛《おうせい》な妹はキッと睨みつけ、手のひらでレンズを磨くように亀頭の先端を撫でまわした。

狂おしい感覚が全身を覆い尽くし、下腹の奥から妙な圧迫感が迫りあがる。

「や、や、やめて……あ、ぎゃあぁぁっ」

悶絶して悲鳴をあげれば、美玖は何事かと目を開け、ポーッとした表情で身を起こした。

「あ、あおおっ」

「ほうら、出た！」

鈴割れから透明な液体が迸り、自身の首筋まで跳ね飛ぶ。

先ほどは英里香が、今度は自分が潮を吹かされようとは……。

「な、何、これ？」

「潮だよ」

姉の問いかけに妹はあっけらかんと答え、敏感状態の宝冠部に指を戯れさせる。

「まだ出るんじゃない？」

「も、もう無理、出ないですぅ……み、美玖ちゃん、やめさせて」

泣き顔で細い腕を摑むと、美玖は微笑をたたえ、ピンクの唇を耳に近づけた。

「ふふっ、だめ……慎ちゃんのこと、まだ完全には許してないんだから」

「パンツを盗んだり、英里香に手を出したり、二度と変な気を起こさないよう、ママが帰ってくるまで一滴残らず搾《しぼ》り取るんだから」

「……え？」

真面目なはずの少女が、なんといやらしい言葉を口にするのか。

背筋をゾクゾクさせたのも束の間、杏子の帰りは明日の夕方頃になるはずで、丸一日はたっぷりある。

（マ、マジかよ）

額に浮かんだ汗が滴り落ちる頃、ペニスの先端に圧迫感が走り、慎一はギクリとして頭を起こした。

英里香が腰を跨がり、八分勃ちの男根を膣内に招き入れようとしている。

「あ、ちょっ……休まないと無理……くおっ」

盛りのついた妹は聞く耳を持たずにヒップを沈め、牡の肉は蜜壺の中に埋めこまれていった。

「あ、あ、あぁぁぁン」

「むうっ」

先ほどの手マンが路をつけたのか、さほどの窮屈《きゅうくつ》さは感じない。

膣道を突き進んだペニスは根元まで埋没し、英里香が悩ましげな嬌声をあげる。そして昨夜と同様、細い腰を前後に振りたて、クリットを下腹に擦りつけた。

「あぁン、いい、気持ちいい、おマ×コ、いいよぉ」

女性器の俗称を恥ずかしげもなく口走り、苛烈なスライドで胴体が揉みくちゃにされる。

こなれた膣襞の感触に性感が復活し、ペニスはいやでも体積を増した。

「あっ、ぐっ、おっ、おおっ」

「英里香ったら……ホントにスケベなんだから」

美玖は呆れた顔で言い放ち、あだっぽい眼差しを向ける。

「慎ちゃん、覚悟してね……たっぷりお仕置きしちゃうんだから」

美しい姉は冷ややかな笑みを浮かべるや、顔を跨がり、すっかり溶け崩れた女陰を口元に押しつけた。

「……舐めて」

ふしだらな淫臭が鼻腔をくすぐり、愛欲の炎が燃えさかる。

慎一は迷うことなく、淫らに咲き誇る女肉の花にかぶりついた。

「あ、あぁン、慎ちゃん」

こうなったら、とことんまで肉悦を貪り合おう。
童貞は捨てたし、美人姉妹との夢の3Pまで体験できたのだ。
英里香の腰振りが熱を帯び、ペニスは今や雄々《おお》しい火柱と化した。
杏子の帰宅まで、酒池肉林の宴《うたげ》を心ゆくまで堪能したい。
(でも、俺の身体……保つのかな?)
一抹の不安が頭を掠めるも、やがて慎一の意識は愉悦に呑みこまれていった。

エピローグ

「お姉ちゃん……まだするの？　慎ちゃん、もう三回も出してるんだよ」

英里香は傍らでぐったりしていたが、美玖は騎乗位の体勢から延々と腰を振りつづけた。

性感がすっかり花開いたのか、エクスタシーをいくら迎えても、肉体が男根を求めてしまう。

慎一も青息吐息《あおいきといき》の状態で、もはや声もあげない。

妹の性格は誰よりも知っており、稚拙な企みは先刻承知だった。

リビングに入室したとき、いやらしい匂いが充満《じゅうまん》し、二人が淫らな行為に耽っていたのはすぐにわかったのだ。

嫉妬心はまだ燻っているが、どうしても慎一を嫌いになれない。

それほど好きなのか、はたまた別の感情が働いているのか。

(姉妹で慎ちゃんを好きになるなんて……やっぱり私たち、ママの血を受け継いでるんだわ)

東京に遊びにいく前日、こっそり覗き見した痴態が脳裏に甦る。

杏子の恋人が、慎一の父だとは口が裂けても言えない。

亡き父と伯父がよく似ているとはいえ、二人の関係は完全なる不倫なのだ。

(もしかすると……英里香とのことを許したのも、罪滅ぼしに近い気持ちがあったのかな?)

いや、違う。

やはり、心の底から慎一のことが好きなのだ。

背徳と倒錯の近親関係に後ろめたさはあるものの、自分の気持ちに嘘はつけない。

「あ、あ……イ、イキそう」

初恋のイトコが声を震わせ、放出の瞬間を訴える。

「いいよ、出して」

美玖は腰を派手にしゃくり、媚肉をキューッと収縮させた。

さらにはヒップを揺すりまわし、男根をこれでもかと引き転がす。

「あ、そんなことしたら……イクっ……イックぅぅっ」

「出して！　中に、いっぱい出してぇえっ！」

「ぐ、ぐ、くふぅぅぅっ！」

熱いしぶきが子宮口を打ちつけ、切ない真情《しんじょう》が内から溢れだす。

(好き！　大好き!!)

美玖は四回目の射精に導いたあとも腰を振りつづけ、幸福感にまみれながら悦楽の海原《うなばら》に身を投じていった。

◉新人作品**大募集**◉

マドンナメイト編集部では、意欲あふれる新人作品を常時募集しております。採用された作品は、本人通知のうえ当文庫より出版されることになります。

【応募要項】 未発表作品に限る。四〇〇字詰原稿用紙換算で三〇〇枚以上四〇〇枚以内。必ず梗概をお書き添えのうえ、名前・住所・電話番号を明記してお送り下さい。なお、採否にかかわらず原稿は返却いたしません。また、電話でのお問い合せはご遠慮下さい。

【送付先】 〒一〇一‐八四〇五 東京都千代田区神田三崎町二‐一八‐一一 マドンナ社編集部 新人作品募集係

南《みなみ》の島《しま》の美姉妹《びしまい》 秘蜜《ひみつ》の処女《しょじょ》パラダイス《ぱらだいす》

二〇二三年 四月 十日 初版発行

著者◉諸積直人【もろづみ・なおと】

発行◉マドンナ社
発売◉二見書房 東京都千代田区神田三崎町二‐一八‐一一
電話 〇三‐三五一五‐二三一一（代表）
郵便振替 〇〇一七〇‐四‐二六三九

印刷◉株式会社堀内印刷所 製本◉株式会社村上製本所 落丁・乱丁本はお取替えいたします。定価は、カバーに表示してあります。

ISBN978-4-576-23029-0 ◉Printed in Japan ◉©N.Morozumi 2023

マドンナメイトが楽しめる！ マドンナ社 **電子出版**（インターネット）……https://madonna.futami.co.jp/

Madonna Mate

オトナの文庫マドンナメイト

電子書籍も配信中!!
詳しくはマドンナメイトHP
http://madonna.futami.co.jp

おさな妻 禁じられた同棲
諸積直人／童貞青年は元教え子の美少女を泊めることに

アイドルは幼なじみ 秘蜜のハーレム
諸積直人／妹のような存在であった美少女アイドルと…

青い瞳の美少女 禁断の逆転服従人生
諸積直人／憧れの美少女と再会し滾る欲望を抑えられず

無垢な小悪魔たち 言いなりハーレムの8日間
諸積直人／おませな美少女たちの言いなりになった挙句…

双子の小さな女王様 禁断のプチSM遊戯
諸積直人／双子の美少女たちは大人の男性を辱めて…

美人三姉妹 恥辱の潜入捜査
阿久津 蛍／スーパー美人三姉妹は特殊犯罪の捜査に乗り出し…

隣のおませな少女 ひと夏の冒険
諸積直人／再会した隣家の少女はおませになっていて…

僕は彼女に犯されたい
上田ながの／少年は美人女教師に逆レイプされることを夢見て…

禁じられた教育実習 清楚な美少女たちと……
諸積直人／教育実習生の倖太は一人の少女に目を奪われ

未亡人 悪夢の遺言書
霧原一輝／夫の遺言書の驚愕の内容によって未亡人の肉体は…

兄と妹 禁断のナマ下着
諸積直人／いけないと思いつつも可愛い妹の肢体に…

幼唇いじり ひどいこと、しないで……
瀧水しとね／自転車で高級車に傷をつけてしまった幼い少女は…

Madonna Mate